U0528215

东北流亡文学史料与研究丛书·史料卷

《鲁迅研究月刊》东北流亡文学史料研究汇编

王霞 编

北方联合出版传媒(集团)股份有限公司
春风文艺出版社
·沈阳·

主　编　张福贵
史料卷主编　李霁明

图书在版编目（CIP）数据

《鲁迅研究月刊》东北流亡文学史料研究汇编/王霞编．—沈阳：春风文艺出版社，2020.5
（东北流亡文学史料与研究丛书）
ISBN 978-7-5313-5721-6

Ⅰ.①鲁… Ⅱ.①王… Ⅲ.①中国文学—现代文学史—史料—研究 Ⅳ.①I209.6

中国版本图书馆CIP数据核字（2019）第268433号

北方联合出版传媒（集团）股份有限公司
春风文艺出版社出版发行
http://www.chunfengwenyi.com
沈阳市和平区十一纬路25号　邮编：110003
辽宁新华印务有限公司印刷

责任编辑：姚宏越　刘　维	责任校对：于文慧
封面设计：马寄萍	幅面尺寸：155mm×230mm
字　　数：188千字	印　　张：13
版　　次：2020年5月第1版	印　　次：2020年5月第1次
书　　号：ISBN 978-7-5313-5721-6	
定　　价：40.00元	

版权专有　侵权必究　举报电话：024-23284391
如有质量问题，请拨打电话：024-23284384

目 录

逝者已矣	萧　红	001
"白云原自一身轻"	陈漱渝	004
怀念萧老	叶淑穗	012
我和萧军先生的一段交往	李固阳	016
悼念萧军同志挽联唁电选刊		020
我与鲁迅先生的交往	萧耘（整理）	022
从背景到角色	皇甫晓涛	027
鲁迅作《脸谱臆测》之来龙去脉	夏明曦	041
也谈《脸谱臆测》的来龙去脉	马蹄疾	046
萧红画像找到了归宿	黎洁瑚	050
萧红佚信一封	晓风	052
抬鲁迅棺材的人	孔海珠	055
《八月的乡村》：版本与修改	金宏宇　彭树涛	066
关于穆木天冤案以及鲁迅与穆木天的和解	穆立立	074
与萧红有关的一张照片	袁权	085
萧军日记·散步集	萧军	087
《与萧红有关的一张照片》作者来信	袁权	106
萧军为鲁迅博物馆注释书信的一段往事	叶淑穗	107
左联时期的穆木天、彭慧	穆立立	112
"身先死——不甘，不甘"	王观泉	120

萧红哑剧《民族魂鲁迅》及其鲁迅情结 ………林幸谦　郭淑梅　129
端木蕻良回忆文章的真伪 ……………………………乔世华　145
论萧红创作中的鲁迅因素 ……………………………梁建先　152
《致萧军的信》 ………………………熊鹰　［日］仓重拓译　172
鲁迅与东北沦陷区哈尔滨地区左翼文学活动之关系 ……教鹤然　184

逝者已矣

萧 红

自从上海的战争发生以来,自己变成了焦躁和没有忍耐,而且这焦躁的脾气时时想要发作,明知道这不应该,但情感的界限,不知什么在鼓动着它,以至于使自己有些理解又不理解。

前天军到印刷局去,回来的时候,带回来一张《七月》的封面,用按钉就按在了墙上。"七月"的两个字是鲁迅先生的字(从鲁迅书简上移下来的)。接着就想起了当年的《海燕》,"海燕"的两个字是鲁迅先生写的。第一期出版了的那天,正是鲁迅先生约几个人在一个有烤鸭的饭馆里吃晚饭的那天(大概是年末的一餐饭的意思)。海燕社的同人也都到了。最先到的是我和萧军,我们说:"《海燕》的销路很好,四千已经销完。"

"是很不坏的!是……"鲁迅先生很高地举着他的纸烟。

鲁迅先生高兴的时候,看他的外表上,也好像没有什么。

等一会儿又有人来了,告诉他《海燕》再版一千,又卖完了。并且他说他在杂志公司眼看着就有人十本八本地买。

鲁迅先生听了之后:

"哼哼!"把下颏抬高了一点。

他主张先印两千,因为是自费,怕销不了,赔本。卖完再印。

那天我看出来他的喜悦似乎是超过我们这些年轻人。都说鲁迅先生沉着，在那天我看出来鲁迅先生被喜悦鼓舞着的时候也和我们一样，甚至于我认为比我们更甚（和孩子似的真诚）。

有一次，我带着焦躁的样子，我说："自己的文章写得不好，看看外国作家高尔基或是什么人……觉得存在在自己文章上的完全是缺点了。并且写了一篇，再写一篇也不感到进步……"于是说着，我不但对于自己，就是对于别人的作品，我也一同起着恶感。

鲁迅先生说："忙！那不行。外国作家……他们接受的遗产多么多，他们的文学生长已经有了多少年代！我们中国，脱离了八股文，这才几年呢……慢慢作，不怕不好，要用心，性急不成。"

从这以后，对于创作方面，不再做如此想了。后来，又看一看鲁迅先生对于版画的介绍，对于刚学写作的人，看稿或是校稿。起初我想他为什么这样过于有耐性？而后来才知道，就是他所常说的："能做什么，就做什么。能做一点，就做一点，总比不做强。"

现在又有点犯了这焦躁的毛病，虽然不是在文章方面，却跑到别一方面去了。

看着墙上的那张《七月》的封面站着的鲁迅先生的半身照相：若是鲁迅先生还活着！他对于这刊物是不是喜悦呢？若是他还活着，他在我们流亡的人们的心上该起着多少温暖！

本来昨夜想起来的纪念鲁迅先生的文章并不这样写法，因为又犯了焦躁的毛病，很早地就睡了。因为睡得太多，今天早晨起来，头有点发昏，而把已经想好的，要写出来纪念鲁迅先生的基本观点忘记了。

一九三七，十，十七日

（录自1937年10月20日《大公报·战线》第29号）

〔附记〕鲁迅先生是萧红的恩师，先生的逝世曾使萧红伤感不已，以后每逢鲁迅逝世纪念日，萧红都写一点纪念文字。但仔细考察一下，1937年8月写的《在东京》，内容虽然记的是有关鲁迅的事，但并不像是一篇纪念文字。但因为发表的时间是10月，以后在收入《萧红散文》这个集子时又改题《鲁迅先生记（二）》，所以都看作当年的一篇纪念文字。当年10月萧红和萧军同志在武昌一齐参加了纪念活动，或者因为当时在战乱中萧红的心情也不十分好，而没有再写纪念文字吧？事实并非如此。萧红在1937年10月还写过一篇纪念鲁迅先生的文章《逝者已矣》的。

《逝者已矣》这一篇逸文，写于10月17日，两天以后发表于《大公报·战线》第29号上，篇幅不长，只有一千二百余字，但这是一篇充满情感的文字。这一篇文章所记述的鲁迅先生的言行，是作者以后所没有重述过的，可以作为《鲁迅先生生活散记》的一点补充材料，或者可以说这是《鲁迅先生生活散记》的一个雏形。

这一逸文的发现，将使我们对于鲁迅研究和萧红研究增加一点新的素材。（陈光宽）

载于1988年第4期

"白云原自一身轻"
——悼萧老

陈漱渝

春节前夕,我到海军总医院高干病房探望一位世交长辈,走错了房间,里面迎出来的是萧耘女士,一问,才知萧老患了癌症,在此治疗。我心头顿时一沉,既感到难过,又感到突然。萧老是以钢铸铁打的身板著称的,七十岁在京郊东坝河村居住时还能担水锄地,留下了"寄语亲朋休挂念,廉颇且老体犹康"的诗句,如今怎会突然患此恶症呢?不久听说萧老正在接受气功治疗,我就指望着"柳暗花明又一村"的奇迹出现,不料在6月22日的电视新闻联播节目中却传来了萧老的噩耗!

萧老去世,我自然是深感哀痛的,但绝没有打算写什么纪念文章,原因之一是我跟萧老接触甚少,对他的作品又无研究,如今写这类文章颇有"借死者抬高活人"之嫌;二是我对萧老的印象并不单纯,直白地说,就是既有由衷敬仰之处,又有"略有微词"之点。作为文坛后辈的我有什么资格和理由对这样一位有民族气节的革命作家"略有微词"呢?说来可笑,这种印象是在读了萧红生前从未发表的《自集诗稿》之后产生的。"诗稿"中有十一首题为《苦杯》的组诗,其中有这样一些凄苦的句子,如:"往日的爱人,为我遮避暴风雨;而今他变成暴风雨了!让我怎来抵抗?"又如:"泪到眼边流回去,流着回去浸食我的心吧！哭又有什么用！他的心中既不放着我，哭也是无足轻重。"读着读着，我的同情就自然而然倾斜到了萧红一边。此刻想来，我的这种情绪并不对头，因为情人之间的事情，局外人是难知深浅的；只要不危及社会，就不容他人置喙。更何况评价一位作家的功过应依据他的作品，不应该对跟作品不相干的生活细事说长道短。

我原不打算撰文为什么又会终于提笔？这完全是由于一位友人的督促。这位友人来信说："我曾听萧耘谈起，困难时期，你曾专程探望过萧军，多少年后，老人提起仍感念在怀。……我想，这样一位受尽磨难却从未屈服的老人，是值得后人永远尊敬、怀念的。我以为这样做，同时也告慰了深知他的鲁迅先生的在天之灵。"读到这里，我的心再也无法平静，不写点什么就觉到坐卧不宁。

其实，我根本没有任何值得萧老"感念"的地方。我初访萧老，大约在1976年的大地震之后，访问的目的，也并不是出于对尚未落实政策的萧老的关怀，而只是因为我们单位承担了向中央提供"四人帮"（主要是江青、张春桥）历史问题的任务，于是专程到位于后海银锭桥畔的鸦儿胡同拜访"三十年代人物"萧军，请他讲述在上海徐家汇菜地跟马吉烽、张春桥一伙打架的著名故事。那时，地震余波未尽，鸦儿胡同的居民全都在附近一所小学的操场安营扎寨，唯独萧老安然待在他的"蜗蜗居"，大有"我自岿然不动"之势。萧老寓所是一幢砖木结构的两层楼房，我去那天，楼下只有一只山羊在静静地吃青草，楼上只有一位精神矍铄的老人凭栏而立。他穿着背心短裤，足蹬一双拖鞋，脸膛方方正正，白发不长不短，像在演出一幕现代"空城计"——我在地震期间见到的这种不进抗震棚的勇士，除萧老外，还有曹老、乃超同志以及当年为刘和珍烈士洗过尸体的李慧大姐。我昂着头问："萧军同志在吗？"老人用洪钟般的声音回答："我就是，请上楼。"我爬上楼梯，进行了小半天的采访。临别前，萧老拽住我参观他的"蜗蜗居"。如果我没记错，所谓"蜗蜗居"其实是一个从墙里凹进去的壁橱，里面端端正正贴着鲁迅像，似乎还贴有一些诗词，气氛肃穆得近乎神龛。萧老家人口多，房间小，"蜗蜗居"就成了这位文坛骁将驰骋文思的"广阔天地"。萧老晚年的一批新著，就是在这间名副其实的陋室中诞生的。此情此景更增添了我对这位在厄运中顽强抗争的老作家的敬意。记得在这次谈话中，萧老还提到他在延安时期写了一批珍贵日记，其中说林彪没有大将风度，还说江青常提着破留声机四处寻人跳舞。这些历史的记录，使萧老在"文革"中吃了不少苦头。他被迫承认预言林彪不得善终是犯了"先验论"的错误。这四十六本日记被抄走后，听说转存到了街道办事处。我不知这批历史资料是否完好无损地保存下来了。

在这次会见中，萧老还委托我代购一些鲁迅著作，我并不费事地照办了。这年年底，萧老派萧耘取书，同时送来了一封短简，还有用钢笔直书的两首新作：

漱渝同志：

    谨向您致谢——几次代买了鲁迅先生的著作。

    鲁迅先生四十周年逝世纪念日，我写了两章旧体诗，兹录一份寄上，用作"报李"之义。

    《日记》请交萧耘带下。时间如有暇，希来我家谈谈，俾使我知道一些关于研究室工作开展情况，这是我所殷切关心者。

    此致

敬礼！

萧军
七六，十二月卅一日

两首诗作是：

鲁迅先生逝世周年有感
二律
——一九三六年十月十九日至七六年十月十九日

四十年前此日情，床头哭拜忆形容。嶙嶙瘦骨余一束，凛凛须眉死若生。

百战文场悲荷戟，栖迟虎穴怒弯弓。传薪卫道庸何易，喋血狼山步步踪。

无求无惧寸心参，岁月迢遥四十年！镂骨恩情一若昔，临渊思训体犹寒！

啮金有口随销铄，折戟沉沙战未阑。待得黄泉拜见日，敢将赤胆奉尊前。

七十岁小弟子萧军

萧老的旧体诗是很有根底的——鲁迅说他的旧诗比新诗好，但有些地方有名士气。这两首诗更热烈抒发了他对鲁迅"镂骨恩情一若昔"的赤诚之心，我读后深受感动，从中也学到了萧老受人桃李之惠而以琼瑶报之的为人之道。

除了跟萧老为数不多的直接交往之外，我跟他还有一点间接而又间接的关系。众所周知，萧老蜚声文坛的代表作是鲁迅为之作序的《八月的乡村》，而他获得这部小说的素材却跟我的外祖父王时泽先生的经历有一点间接的因缘。我的外祖父是光复会的早期成员，跟秋瑾交谊甚笃，辛亥革命时期曾率领海军陆战队参加会攻南京之役。20世纪30年代，他在哈尔滨担任东北商船学校校长。当时，东北是日本的势力范围。日本帝国主义当然不乐意中国建立一支强大的海军，设立东北商船学校的目的，就是以学习商船知识为名，暗中为中国海军造就"将校之才"。1949年之后，这所学校的学生有的在台湾担任了"台湾当局领导人幕僚长""海军总司令"，也有人成了新中国海军的教官和航运部门的骨干。我外祖父任职期间，学校的数学教师就是新中国成立后的水电部副部长冯仲云同志，学生中也有一批革命志士，如曾任青岛地下市委书记的高嵩烈士，曾任"第三国际"情报人员后来成为著名作家的舒群同志，还有九一八事变后跟杨靖宇烈士一起在磐石创建游击队的傅天飞烈士。

我外祖父多次谈到，傅天飞烈士在校从事地下工作时，被敌人发现，准备逮捕他。我外祖父是东北海军司令沈鸿烈的好友，特务要到学校抓人，不能不事前跟他这位校长打声招呼。外祖父于是把傅天飞找来，问他是不是共产党员。傅天飞摇头否认。外祖父说："现在正准备抓你。你如果不是共产党员，那就不必理睬，如果真是，必须赶快逃走。"傅天飞这才红着脸（他因常红脸而被同学们称为"小苹果"）说："我手头没有钱。"我外祖父于是资助了一笔路费，帮助他逃离了商船学校。他后来的情况，外祖父就不很清楚，直到新中国成立后东北烈士纪念馆专门派人来长沙找我外祖父了解傅天飞的革命事迹，外祖父才痛心地获悉这位当年的"小苹果"已为中华民族的解放事业而血洒白山黑水。

1980年，我到北京团结湖拜访舒群老伯，促动他怀旧的激情。我走后，他历时三个月，在记忆中搜寻半个世纪之前的峥嵘岁月，写成了一篇长文《早年的影——忆天飞，念抗联烈士》。文中谈到，1933年春夏之间的一天，傅天飞忽然闯进他暂住的商报馆，向他提供了一份宝贵材料——磐石游击队从小到扩大到大发展的过程。傅天飞生动艺术地描摹了磐石游击队惊天动地的战斗、可歌可泣的英雄人物和大无畏的精神，淋漓尽致地讲了一天一夜。傅天飞说，他这样做，是想留下两部"腹稿"，万一将来他们当中的一人牺牲了，剩下的那个就可以完成这部磐石游击队的史诗。然而，舒群却把傅天飞的"腹稿"转赠给了萧军，并邀傅天飞前去向萧军重新讲述一遍。这次会见之后，萧军就根据傅天飞提供的真实材料，加上他本人军旅生涯的体验，再进行艺术虚构，终于在1934年完成了《八月的乡村》这部"很好的书"。我外祖父已于1962年作古，因为他生前做过一些有益于人民的事，受到党和政府的礼遇，但他当初绝没有想到，他对傅天飞的营救会对产生一部被誉为"抵抗日本侵略的文学上的一面旗帜"的作品尽到微末的助力。

谈到对萧老的帮助和决定性影响，当然首推鲁迅先生。事实上，萧老一生的成就是跟鲁迅不朽的事业联系在一起的。萧老的讣告上，他的名字之前一共列有十七个荣衔，从中反映出他的崇高声誉和广泛影响。假设有人提出一个苛刻规定——只允许保留一个头衔，我想，萧老九泉有知，他一定会毫不犹豫地从中择取一个："鲁迅先生的忠实弟子。"

这种选择是恰当的。鲁迅后期接触的文学青年中，二萧无疑是他倾注心血最多的两位。这也可以说是二萧坎坷人生中的最大骄傲和最大幸运。萧军是1934年10月初次给素昧平生的鲁迅写信的，信中就选择创作题材的问题向鲁迅请教，并希望鲁迅对萧红《生死场》的手稿和他跟萧红合著的小说散文集《跋涉》进行批评。鲁迅即刻作复，同意审阅他们的文稿。这固然体现出鲁迅对文学青年奖掖教导的一贯作风，但也表现出鲁迅对东北流亡青年的特殊关怀和对斗争的文学的密切关注。二萧的文学成就在今天自然是有口皆碑的了，但当他们刚步入文坛的时候，技术可以说还未脱尽稚气。比如《八月的乡村》缺乏长篇小说应具备的环环相扣的严密结构，说明性的文字较多，居然对"狗的心思"做了臆测性描写；在萧军《职业》和《樱花》两文的原稿中，甚至还有少量错别字。但是鲁迅不辞劳苦地为他们的作品润色、作序，精心安排他们跟上海著名的左翼作家茅盾等见面，支持他们创办文学社团、自费印行作品。鲁迅不仅将萧军的小说推荐到跟他关系密切的刊物（如《文学》《太白》）和出版社（如文化生活出版社）发表和出版，而且还将萧军的作品寄赠国际友人，使《八月的乡村》很快得以译成俄文，短篇小说《羊》很快译成日文。不到而立之年的萧军从此在国际文坛赢得了声誉。对于萧军和萧红这对苦难情侣来说，鲁迅的帮助恰如从腾腾滚滚的阴云缝隙中间闪射出的一缕金色阳光，又如茫茫无际夜海上照射过来的一线灯塔上的灯光。

  鲁迅在他短暂的一生中，呕心沥血培养的文学青年是很多的，但鲁迅与二萧的关系有其特殊之处。凡是细读过鲁迅书信的人就能发现，鲁迅致萧军、萧红的书信跟致其他人的书信有一个十分明显的区别，那就是谈处世之道——主要是处理文坛人际关系的内容特别多，既真诚又深刻。究其原因，一是因为二萧初到十里洋场的上海，人地两疏，鲁迅怀着"父爱"不能不切切叮嘱；二是鲁迅认为萧军虽然豪爽却失之于粗，正如毛泽东后来认为萧军"极坦白豪爽"但却不注意调理人我关系一样，这就更需要有长者多提醒几句。萧军十八岁就当骑兵，名副其实是行伍出身，据说他的二叔还当过土匪，所以朋友们开玩笑时常说萧军身上有一股"匪气"，萧军自己也引以为荣。鲁迅告诉他，"土匪气"很好，不必克服它，但乱撞是不行的，乱撞容易上当、受害，甚至简直连性命都会送掉。鲁迅以自己的切身体验推心置腹地告诫他："上海有一批'文学家'，阴险得很，非小心不可。"（1934年11月5日致萧军）"他们会因一点小利，要别人的性命。但自然是无聊的，并不可怕的居多，但却讨厌得很，恰如虱子跳蚤一样，常常会暗中咬你几个疙瘩，虽然不算大事，你总得搔一下了。这种人物，还是不和他们认识好。"鲁迅深恶痛绝的"上海的文学家"，并非专指上海籍作家，而是泛指那些从各处漂流到上海作恶的文人。他们花样多，手段常出人意料，尤其善于用各种学说和道理来粉饰自己的行为。他们造谣中伤别人，一旦对方反击，就反说别人"气量小""好骂人"。鲁迅提醒二萧要警惕霞飞路上充当暗探的白俄和潜伏在上海工人区的特务，但更提醒他们要警惕这类虽有人面但无人气的文人。从后来的发展看，萧老虽然从鲁迅身上学到了许多东西，如铮铮硬骨，敢怒敢言，但在延安和东北时期，他仍然坦诚得近乎莽撞，以至于上当、受害,一生经历的生死关头有五六次,十年浩劫期间背心都被人打进皮肉里去。不过,对于萧老来说,这是不幸?抑或是别一种意义上的有幸?我不知道。我只是感到,萧军的声誉和成就跟他性格中的优点或弱点是绕结在一起的。可以说,没有了这些长处加短处,也就没有了一个真实的萧军,一个在文坛历次风暴中宁折不弯的萧军。

在"左"的政治路线干扰下,一个真正的文人要想不磨灭个性地生存下来是一件不易的事情。如今,萧老已经安息,跟他的恩师鲁迅先生相会于九泉之下。他的亲友后辈在悲痛之余,聊可自慰的是,萧老的灵魂终于得到了净化和升华,不必再在历次运动的筛子眼中艰难地穿行。"但得能为天下雨,白云原自一身轻"——这是萧老半个世纪之前撰写的七绝《言志》中的两句。早在20世纪30年代,他就以文学的甘雨浸润了旧中国干涸的文坛,今天,他文学的雨露仍将滋润一茬接一茬茁壮的文学新苗。这位坎坷、劳苦一生的老人真应该歇歇肩了。"白云原自一身轻",愿萧老不屈的灵魂在无垠的宇宙中轻盈自在地飘浮吧——飘向他毕生梦寐以求的理想天国……

载于1988年第9期

怀念萧老

叶淑穗

萧军同志不幸离我们而去了。我崇敬萧老的学识和成就,更佩服萧老的为人,不仅因为他是鲁迅晚年得意的学生,更因为他一生刚直不阿,敢于仗义执言。经历了一般人所难以承受的坎坷,然而萧老对此却处之泰然,坦坦荡荡地走完他人生的道路。

记得是十三年前的一个6月里,我因工作关系,第一次去萧老住的北海的小楼上拜见他。初次见面,他却像老相识一样地热情接待了我们。当时他已近七十高龄,但满面红光,精力充沛,从他的脸上丝毫看不出磨难给予他的创伤。他是那样乐观、开朗、自信,谈笑风生。他说:"我生平就佩服两个人,一个是毛泽东,一个就是鲁迅。"他在谈到鲁迅时所流露出来的由衷的爱慕的情感,给我留下极深的印象。这是可以理解的,因为他和萧红从日本侵占的东北,流亡到青岛,而后又到上海,在最困难的时候得到鲁迅无私的帮助。他们也在鲁迅的培育下,成为中国文学史上著名的作家。萧老讲述了他当年"冒险"给鲁迅写第一封信的情景,而后出乎意料地收到鲁迅的回信,他的心情是:"只感到我们如航行在一片茫茫无际夜海上的一叶孤舟,既看不到正确的航向,也没有停泊的地方。鲁迅这封信就如灯塔射出来的一线灯光,给我们向前航行的新生力量。"我体会到这绝非一般文字的形容词,而是他当时发自内心的真切感受,因为他对这信的珍爱胜似生命,他说:"时刻不离地带在身边,偷偷地读过它若干遍次,有时几乎是眼中含着泪在读它,从那每一句话每一个字,甚至是每一个字的一笔一画,每一个标点,每读一次会发现一种新的意义,新的激动和振奋。"

1934年10月,白色恐怖笼罩着青岛,他的几个朋友相继被捕,他们被迫离开青岛。萧老说:"在临行之前就给鲁迅发一封快信,请他再不要向青岛原地址写信了,我们马上就要到上海去。"他说:"我们事前做了一下准备,临时简单地化了一下装,于夜间悄悄溜出了寓所,搭了一只货船到了上海。"到上海以后,他们受到了鲁迅热情的帮助。鲁迅不只对他们在创作上给予指导、支持与介绍,在经济上给予接济,而且在生活上给他们做细致的安排。萧老说:"后来我才知道,由于我初到上海,人地生疏,鲁迅特意指派叶紫充当我的'向导'。"而萧老的《八月的乡村》能够在那时出版,也因叶紫的多方设法,才得以实现。萧老讲到这里,又勾起他对叶紫的无限怀念与悲怆。关于鲁迅对他们生活的关怀,1979年我们访问黄新波同志时,他向我们提起一件事。1934年年末的一天晚上,萧军去找新波,一进门就说,他是鲁迅介绍来的,是要向新波借一铁床。"当时萧军穿的是西装,萧红也穿的是西装,"新波同志回忆说,"我给他们叫了两辆黄包车,让他们把铁床拿走,我也是在这时才认识萧军的,后来还给他刻了一个《八月的乡村》的封面。但我一直弄不清为什么鲁迅知道我有一张铁床呢。"新波同志曾托我见到萧老时替他问一下。但我们因忙于工作琐事,没有及时去问,后来虽有时也见到萧老,但由于谈的事情太多,而将此事遗忘。现今二老均已离我们而去了,此事却成了永久的遗憾。

我们在访问中曾请萧老将鲁迅给他的信作一详细的注释,以作为珍贵资料留给后人。萧老极为认真,曾花了两三个月冒着酷暑躲在一个自己用布帘遮起的小房里为我们写了近两万字的说明注释送给博物馆，这是萧老留给我们的一份珍贵资料。

萧老为鲁迅给他的五十四封亲笔信完整保存下来而感到由衷的欣慰。他说那是1937年8月间，日军侵占上海，他准备离开之前，在这紧急而又必须做出决定的时刻，他想到这些信尽管是鲁迅写给他的，但它的意义是广远、深刻、伟大的，是不能把它据为"私有"的。更何况在那大动荡的年代，自己将漂流到哪里，生死存亡全在"不可知"的情况下。所以他把全部书信抄了一份底稿，连同五十四封鲁迅手迹全部当面交给了许广平先生，因而使它们得以保存，这是要感谢许先生的。

萧老当年不仅将鲁迅书信交给许先生保存，还将萧红的一册诗稿、一件衣服，以及萧红与他的照片集等，保存在许先生处。新中国成立后，许先生将它送交博物馆，如今为鲁迅博物馆所珍藏。这可能是至今留下来的萧红仅存的遗物了吧！

去年10月份萧老在家养病期间，我们去看望他，并将这些照片带去请他辨认，他虽体力不支，但仍非常有兴趣地向我们讲解了每张照片的时间、人物及背景，我们均详细地做了记录，这记录已成了一份不可多得的研究二萧的珍贵史料。

我由衷地感激萧老，他是那样认真，而又不厌其烦地，一次又一次地为博物馆解答各种各样的有关鲁迅的问题，为我们留下了不可多得的珍贵资料。他对我们这些从事鲁迅研究工作的同志，也是无比爱护与关心，他每一本新出的书，都要亲手题字加盖印章送给我们，他的每一次活动都要邀请我们。对此我感到无比惭愧，因为我为萧老做的事太少太少了，而萧老却始终如一，以诚相待。

萧老热爱生活，他虽受尽了各种"左"的错误的折磨，但他有一个美满的家庭，他的夫人、子女，无比尊敬他，因而他有着抵御各种狂暴的精神支柱，这也是萧老最大的安慰与欢乐所在。我想从这一点来说萧老是幸福的。特别是在十一届三中全会以后，党中央为萧老做了全面、彻底的平反,萧老进一步受到国内、国际爱好文学的人们的无比崇敬与爱戴。

  敬爱的萧老,我们将永远怀念您
       1988年7月

载于1988年第9期

我和萧军先生的一段交往

李固阳

我差不多教了一辈子的书,却认识了好几位文艺界的前辈、朋友。这不是由于我也爱好文艺,而是因为学习或探讨鲁迅作品的关系。我和萧军就是这样认识的。

那是半个世纪前的1938年,他在《成都新民报》编副刊。我其时还在高中念书。一位比我年长的朋友,送我一本《八月的乡村》,是毛边本——这是鲁迅喜爱的一种书籍装帧,作者署名用的还是"田军"。翻开来是鲁迅的《序言》。引用了爱伦堡所说的"一方面是庄严的工作,另一方面却是荒淫与无耻",鲁迅写道:"这末两句,真也好像说着现在的中国。然而中国是还有更甚的呢。"一下子就抓住了我那对当时现实不满的年轻的心,于是读下去。读到最后,作者在《书后》里的那首诗里反复呼喊着"我底祖国,我底母亲",也深深地震动了我。

就在这时,日本侵略者攻占了武汉和广州,我童年和小学时期生活过的鄂西一带,成了抗日前线。书里的和现实的两方面因素,刺激我提起笔来,写了一封信给他,就称他"先生"。我谈了自己的思想情况和对一些问题的看法,向他讨教。还寄去了一首仿作的短诗。

很快就收到他的回信。不久,我那首短诗也发表在《成都新民报》副刊《新民丛谈》上。我们就这样认识了。

我第一次见到他是在报馆里。这是在通过几次信、投过几次稿后。在我的记忆里，他那时穿着一种暗红色的翻皮大衣，头发向后散乱地披着，个子并不比我那时高。他谈了些什么我却一点都不记得了。

后来，我们又见过几次，也大都在报馆里，只有一次是在他家里。

记得有一次，是他写信来约定时间让我去的。还准备了一些糖果点心之类，仿佛开座谈会。但到的人不多，不过五六个，我都不认识。他先发言，像是开场白。大意是谢谢大家投稿，报馆限于经费，没法付酬，只有请大家吃点糖果点心，表示一点心意。"无稿费，不退稿"这六个字的稿约在副刊头上写得明明白白的，大家对此也没有谈什么。似乎还谈到别的事，而具体内容我也一点印象都没有了。现在只记得到他家里去的那一次，见到了王德芬同志，还抱着他们的女儿。

关于《成都新民报》副刊，还记得两件事。一是它敢于发表哪怕是直接对着国民党反动派的稿子。例如，一次见面，我向他谈到我念书的"四川省立成都中学"的一些情况，他很干脆地说："写出来！"后来，我以《如此教育》为题写了一篇短文，加以揭露，他很快就编发了。又如，一次，当时四川省三青团头目任觉五到省城中讲话，大放厥词反苏反共。我就写了一篇随感录式的杂文寄去，并在文末署名的地方写了一句"听了一只走狗狂吠后"。他连这句话也一字不易地编发了。

其次是《成都新民报》副刊上有过一次论争。事情是这样的：他写了一本散文集，题名《侧面》，在成都以"跋涉书店"的名义出版了。这是他从临汾到延安，后来又转西安去甘肃来四川这一段时间所写文章的结集。大概因为不是直接写抗日战争，所以用了《侧面》这个题目。有一位叫"罗汶"的，写了一篇文章，题目叫《〈侧面〉读后记》，对他提出一些吹毛求疵的批评，意思是与抗战没有直接关系的文章，不值得发表；还提到他生活上的一些事，如喝酒什么的。并且用"激将法"，把文章寄给他。他全文刊载了。于是有人写文章反驳罗汶，也有人支持罗汶。他也一一揭载出来。大概过了一两个月，似乎没有这方面的文章寄去了，他才自己动手写了一篇长文，对罗汶的观点一一做了答复，也算是这次论争的结束。

他在成都大概只住了一年多。1940年春，我离开了成都，以后未再见到他，也没有联系。

直到1979年，我读到他在《新文学史料》上写的为鲁迅给他和萧红的书信所作笺释，才知道他在北京。那时，我还在外地。来京时去看他，谈到在成都时的情形，我问他怎么去了《成都新民报》的。因为那是一家地方势力办的报纸。他说是周文同志介绍他去的。我没有再问下去，但很明显，他和周文同志认识也是因为鲁迅的关系。至于怎样离开成都，他说，是由于当时发生的"抢米风潮"。这事我知道，我也是那时离开成都的。当时，国民党统治区由于滥发钞票，通货膨胀；投机商乘机兴风作浪，囤积居奇，物价飞涨。1940年春，成都竟然买不到大米。愤怒的市民砸了一些关门拒售的米店。国民党反动派就借口封闭报纸，抢（枪）杀了当时成都最畅销的《时事新刊》报的记者朱亚凡，车耀先同志也是在这次事件中被捕的。这是抗日战争中国民党反动派第一次反共高潮的尾声。当时很多人都转移了。

1981年年初，新版《八月的乡村》出版了，他寄了一本给我，还签名盖章。同时让我转给别一位同志的则是《吴越春秋史话》。这虽也是他写的，但我能从中体会到一种含义：纪念我和他最初的相识。

后来来京，我又去看过他。但我们毕竟有四十年未接触，彼此遭遇虽有些相似却又大不相同，所从事的专业也不同，会面时就缺少共同的话题。我不善言辞，在视为师长的他的面前，更有些拘谨，他却总陪着我，往往相对默然。这实在是空耗他的时间。因而，1982年我调来北京后，就只给他写了一封信，没有再去看他。

以后，偶尔从报纸上看到有关他的消息，或出国，或开会。心想：他比过去忙了。也就更不愿去空耗他的时间。

不料，突然传来他逝世的消息，而且是因患癌症。我不但愕然，更十分抱愧：这五六年里闷在北京，为什么不去看看他呢？但我又想：如果知道他患了那种不治之症，恐怕也还是不去的好，因为更不知该说些什么了。现在，我只有把五十年前和他的一段交往写出来，表示对他的深切悼念；或许对新文学史的研究工作，也算提供了一点素材。

1988.7.21

载于1988年第9期

悼念萧军同志挽联唁电选刊

挽　联

萧军同志千古

　　斯世颇有欲杀怜彼卑怯未尝介意
　　行文决不谀媚持我大勇一贯忠诚

　　　　　　　　　　　　　　　锡　金
　　　　　　　　　　　　　　　　　　　敬挽
　　　　　　　　　　　　　　　赵　彝

萧军同志千古

　　八月的乡村为抗战文学留史迹
　　重鲁迅典范峥嵘铁骨痛忆斯人

　　　　　　　　　　　　　　　刘凌沧
　　　　　　　　　　　　　　　　　　　敬挽
　　　　　　　　　　　　　　　郭慕熙

萧军同志千古

　　五十年情谊海深今日痛失萧军声貌历历犹在奈何顽疾夺君哭君肠断却慰雪洗刚直一生一生一生文章天地共存

　　　　　　　　　　　　刘开渠　刘米娜
　　　　　　　　　　　　　　　　　　　敬挽
　　　　　　　　　　　　　　　程丽娜

悼念萧军同志

爱国投笔争民权尘劫历尽铲妖魔

嗜书广搜超万册长啸豁达谢苍天

子 乙、济
胡絜青率 舒 敬挽
女 雨、立

萧军同志是现代中国文学的重要作家，他的逝世使我失去了一位可亲可近的朋友，他的人品和著作，受到我们的钦佩和喜爱。

一九八八年七月 曹禺

关东大地椽笔横挥八月甘霖润乡土

海北小楼英姿宛在一生刚骨作铜声

马少波 敬挽

伟大的作家正直的人

祖国的赤子民族的魂

一九八八年七月八日 刘炽

雾气沼沼萧老成仙去一生坎坷

  前往黄泉说真理

天日朗朗朋辈送知音半世慷慨

  自有豪情存人间

苗培时
1988.7.8雾中偶成

载于1988年第9期

我与鲁迅先生的交往
——萧军一九八四年九月二十六日在新疆师范大学座谈会上的谈话（节选）

萧耘（整理）

问：萧老，您能不能再多为我们介绍一下您与鲁迅先生的交往，因为您的这段经历我们都觉得非常难得，我们也是非常羡慕您的呀！

萧军：对，这是第一手的材料哇！（众大笑）

那时候我很年轻，刚到上海时只有二十七八岁的样子，而鲁迅先生已有五十四五岁的样子，等于我的父辈了。因为和鲁迅先生接触时，他从没和我摆过架子，或道貌岸然地说："我是鲁迅！……"从来也没有过。而我这个学生呢，也是马马虎虎，也没有那么"恭恭敬敬"地以弟子之礼，从来没有过，我要说什么就说什么。举个什么故事来说明呢，我这个人哪，不知道好歹，（众笑）有一次到鲁迅先生家，他的桌子上摆着一个日本的小人型——一个小孩在钓鱼，有鱼竿，还垂着一条小鱼，怪有趣的。——我没事干，坐在那儿就用手抻那个小鱼，抻着抻着……"嘣！"把那个鱼竿给抻断了！当然很不好意思喽……鲁迅先生看了我一眼，也就算完了吧？（众笑）平常，我和萧红都是一块儿到鲁迅先生家去，差不多她前一脚进门，我后脚也就进门了。自从抻断了小鱼竿之后，我有两三天没去先生家。鲁迅先生就问萧红："那个怎么没来呀？"萧红说："他说那天把你的小人儿

给弄坏了!"(众哈哈大笑)鲁迅先生说:"我没瞪他呀,我看人就那么看法,你告诉他还是来吧。"(众笑)

鲁迅先生平日并不像一般人所想象的那样,好像总在"横眉冷对千夫指",他还有另一面——"俯首甘为孺子牛"哇!——如果每天老是这个样子(萧老做了一个鲁迅先生"横眉冷对"的姿势),那受得了吗?!(众哈哈大笑)

他讲话是很幽默的,而且讲笑话时自己绝不笑。

有一天曹白(后为木刻家)刚刚从"反省院"放出来,来看望鲁迅先生,就讲起"反省院"给他们分难题让他们做文章,题目是《怎样能消灭共产党》。他说:这怎么做呢,没法做……鲁迅先生说:"那好做呀,你告诉他们多办'反省院'哪,共产党不就消灭了嘛。"从表面上看,多办"反省院"就可以消灭共产党了,这话没什么错,而实际上是对国民党的一个极大的讽刺!国民党也不能说这办法不对呀,我叫你多办"反省院"有什么不对?你不是能抓吗?抓呀!(萧耘插话:因为当时国民党正在报上大肆吹嘘他们办的"反省院"把共产党都给"反省"过来了……)所以,什么事情一到鲁迅先生那里,他就给你做反面文章。比如大家所熟悉的,鲁迅先生在《秋夜》里写"在我的后园,可以看见墙外有两株树,一株是枣树"。照咱们的想法,那还有一棵一定是棵梨树?或什么别的树?不,鲁迅先生却幽默地写:"还有一株也是枣树。"妙嘛也就妙在这里,幽默也就幽默在这里,艺术嘛也艺术在这里。

我这个人能喝水,而鲁迅先生只用日本的那种小筒杯泡点茶喝就行了,我一去就不行了,所以先生家的那位老保姆,一见我来就笑,拿一个又大又高的茶壶专为我泡茶用。

我这个人走路很重,踩在地板上咚咚咚地响。那时我年轻力壮嘛,不像现在这个样子。所以,每当我去先生家时,先生坐在二楼一听,就对萧红说:"来了(liao)!来了(liao)!"哈哈……(萧老很自豪地开怀大笑,在座的被他的"童心"所感染)

我那时候也能吃！（众笑）每到星期六周建人先生全家来鲁迅先生家聚一聚嘛，我和萧红赶上了也一块吃。鲁迅先生只吃那么一小碗饭，喝那么一杯老酒，最后呢，由我包了（liao）！如果烤一只鸡，他们每人只吃那么几口就算完了，差不多整只鸡都叫我给吃了。这还不算，旁人送的鲜果之类吃的东西，鲁迅先生说吃不了，还让我们包着拿走，我就拿走！（众笑）

我们平日总问鲁迅先生："您有什么活叫我们干干吧！"这意思是很好的，而鲁迅先生总是说："没什么活，没什么活。"因为我们总是要求，有一次，鲁迅先生就拿出了一本书给我们说："好吧，你们把这本书拿回去，用红笔把标点圈出来就行了。"我心想这还不容易呀！拿回家以后，萧红说："让我来！"没用半天，她就圈好了，送给鲁迅先生了。我们过后又问鲁迅先生有什么活可做，鲁迅先生说："没什么活了，没什么活了。"等到鲁迅先生去世之后，许广平先生告诉我们说，我们圈的那本《高尔基小说选》标点符号，鲁迅先生又重新圈了，一边圈一边叹气说："这些青年人，不叫他干事他要干，干事呢，就这样毛糙。"（众笑）我们那时就是那个样子呀！

鲁迅先生送给朋友们的书，总是要包得那么棱棱角角的，方方正正的，再拿绳子捆好，结扣的时候，如果有一头多一点，他也一定要拿剪子剪齐了。许广平代他包捆，他也不放心，非要自己来，他说："我学过生意，知道怎么包法。"

有几点我不学鲁迅先生，一个是他寿命太短，我不学他；一个是他身体病太多，我不学他；第三个是他不能动手打架，我不学他。（众哈哈大笑不止）

有一次，出版鲁迅先生编辑的版画集（《引玉集》），事先和先生定好了，我要圆背脊的那种，鲁迅先生说："好，给你圆背脊的。"结果呢，我去的那天鲁迅先生给我的那本我一看，是方背脊的，我马上说："方背脊的我不要！我要圆背脊的。"鲁迅先生即刻说："圆背脊的还给你，这本方背脊的是白搭给你的，便宜你的，你还不要？"我说:"那要。"(众笑)这说明这个人,就是这么个人,不管在什么人的面前,比如在毛泽东同志的面前,我也是这个样子。哪天他们说:"你别来啦!"我就不去了,不然,我还是来。

还有一次,一个朋友说我有"土匪气",我说:"那是难免的。"东北不是出土匪嘛!(众笑)我的二叔就当过土匪,我就问鲁迅先生:"×××说我有土匪气,您看怎么改法?"鲁迅先生说:"不用改了,就那样吧。"(众大笑,萧老自己也笑得咳了起来了)后来鲁迅先生在给我们的信里还说南方人、江苏人望人没有人样,没有人气,别跟他们学!哈哈……有时鲁迅先生说:"这篇文章写得不错,这不是夸你的话,是真的写得不错。"我也就相信是真的写得不错。有人说鲁迅先生把我给"惯"坏了!我看也是有那么点惯坏了。(众笑)反正我就是这么个人。旁人在我这里"端架子"也白搭,我把你这架子给捅漏了!我自己也不会端架子,我也没有什么架子好端,能来往咱们就来往来往,不能来往呢,就拉倒!

还有什么问题?(萧老问诸位)我今天只是讲了些我记得起来的,比较有趣味的一些故事。一般人画鲁迅,只画了他"横眉冷对千夫指",没画鲁迅"俯首甘为孺子牛"。比如他对海婴,就是这样。一次海婴从幼儿园回来了,斗大个字他大约认识了二升半吧,就对鲁迅先生说:"爸爸,我认识字了!此后,你有什么不认识的字问我!"(众大笑不止)鲁迅先生说:"对对,我问你,问你。"这就是甘为孺子牛吧。后来我在北京见到海婴时,还开玩笑地问过他:"你的字认得怎么样了?"

还有一次,海婴问:"爸爸能吃吗?"鲁迅先生说:"能吃,能吃,不过你现在还是不要吃吧!"(众笑)

我那时候认识鲁迅先生时还很年轻,所以我让我的小儿子萧燕为我刻了两个印章,一个是:"三十年代人物,鲁门小弟子"。我是三十年代人物吧,我也是鲁门小弟子吧,我没说是大弟子吧。另一枚是:"辽西凌水一匹夫耳"。辽西——锦州,凌水——大凌河,一匹夫耳。

（众笑）可以了吧，到时间了吧?

（萧老问会议主席，此时座谈会已进行近三小时）

（萧耘整理，文题由编者所加）

载于1988年第9期

从背景到角色

——《马伯乐》的出现与"没有死去的阿Q时代"

皇甫晓涛

"对于习惯于萧红一般文体和题材的读者而言,《马伯乐》是一部令人大为惊异的作品。"[①]这首先表现为萧红笔下常见的那悠远而又孤寂的"以背景为主角"的艺术画面已完全隐去,代之而起的是一个活动于各大城市间颇有现代绅士气的一个成功的典型人物——马伯乐。作者一改此前的凝重与悲郁形成的近似于苦涩的幽默,而以轻松、尖刻的笔调成功地描画了一个与鲁迅笔下的阿Q十分相近的喜剧人物。对于以严峻的"现实主义"追踪"人生"脚步的中国现代文学来说,对于其缺乏现代荒诞意味和幽默机制的审美信念说来,《马伯乐》的出现对当时的文坛都显得过于突兀和缺乏相应的精神准备,以致人们在惶惑、惊慌之余,几十年来都难理解,也不能够原谅萧红的这一转折而几乎一致地认为这是一个更大的"退步",从而对萧红的后期创作表示出种种的失望和惋惜。其实,只要透过审美表象做更深一步的探究,我们就不难发现这部作品正是萧红整体创作活动和审美抉择的必然产物,它与《生死场》及《呼兰河传》在国民性思考等问题上有着其审美认识的逻辑线索,这一"转折"早已潜伏于其早期创作审美

---

① [美]葛浩文:《萧红评传》,北方文艺出版社,1985年3月版,第130—131页。

活动的"深层结构"之中。可以说,《生死场》与《呼兰河传》作为以背景为主体的"性格"描画,是完成了马伯乐这样"阿Q相"人物出场的历史土壤和文化条件的。而当背景转换之后,从封闭的民俗社会到现代都市环境,这一"背景主体"的"文化人"(即前两部作品中与其民俗环境联为一体的群体"性格",作为特定文化形式的载体,其功能如同今天我们说的"法人"之于法律活动的载体一样,它可以是人、组织,也可以是其他具有"法人"资格的企业或公司,文化性格亦如斯,它可以是特定的人物、群体,也可以是附着于某种环境之上使其具有特定文化品格的"背景")并没有真正地"隐去",而是乔装改扮,一身"现代"装扮,满口时髦或"革命"词语,个人走到历史的前台来。从背景到角色,马伯乐的出现向现代社会宣告阿Q并没有死去,阿Q时代也远远没有结束!

早在20世纪20年代末,太阳社的钱杏邨就曾发文批判鲁迅,宣告已是"死去了的阿Q时代"。他曾尖锐地提出:"无论鲁迅著作的量增加到任何的地步,无论一部分读者对鲁迅是怎样的崇拜,无论《阿Q正传》中的造句是如何的俏皮刻毒,在事实上看来,鲁迅终竟不是这个时代的表现者,他的著作内含的思想,也不足以代表十年来的中国文艺思潮!"并说《阿Q正传》只是"藏着过去了的中国病态国民性""是可以代表中国人的死去了的病的国民性的"。它只是辛亥革命前后处于封闭村社中的农民写照。而"十年来的中国农民是早已不像那时的农村民众的幼稚了。所以根据文艺思潮的变迁形式去看,阿Q是不能放在五四时代的,也不能放在五卅时代的,更不能放到现在的大革命时代的",从而认定"阿Q时代是早已死去了!阿Q时代是死得已经很遥远了!我们如果没有忘却时代,我们早就应该把阿Q埋葬起来"[①]。为此,曾发生一场文艺界的大论战。直到萧红走上文坛后再

[①] 钱杏邨:《死去了的阿Q时代》,原载《太阳月刊》,1928年3月号及5月号,转引自《鲁迅思想研究资料》(下册),国家出版事业管理局版本图书馆研究室编。

次发生的孤岛文学中对于"鲁迅风"的论战，可以说都是中国现代文化思想徘徊难进的一个重大困惑点的历史折射。以至于前不久著名老文艺家陈荒煤先生在《人民日报》再次提出这一问题，以《向阿Q告别》为题，发表了其"送别了阿Q""告别了他那个悲惨的年代"的历史宣告①。接着谢文、雪苇分别发表《笔下追阿Q》②《这样"告别阿Q"是古怪的》③反驳文章，陈又再次著文《仍愿送别阿Q》（见1988年2月18日《人民日报》），独持己见。文艺界这一持续了半个多世纪的关于阿Q时代是否已"死去"的论战，从更深层次上透视出阿Q的时代并没有死去，人们愈是急于送别这一历史的幽灵，愈可见出其在现代文化抉择中的徘徊难进和对自身弱点的敏感而缺乏足够的"现代"历史自信和勇气。精英文化层尚且如此，俗文化的历史惰力即可想而知。萧红的《马伯乐》在这几次论战之间以其颇具深味的审美事实再次惊扰了文艺界，马伯乐不再是孤寂乡间的阿Q，不再是辛亥年间"死去了时代"的见证人，而是西装革履，甚至会说点洋话的"五四"之后"大时代"的现代青年，他让我们看到一种渗入骨髓的国民病态是怎样侵入"现代"的历史肤下，延续着他那更为荒诞的畸形人生，这对于我们今天重新反思民族的惰性，在认识改革进程中的某些巨大心理负重和潜在障碍，有着更为直接的历史启迪。

  萧红在这篇作品中细致地描写了"五四"之后直到抗战时期一个阔少式青年小知识分子的三次离家出走及其逃离战乱时的卑琐生活，通过细微的心理描写，塑造了一个懦弱无能而又富于幻想的青年知识分子的典型形象。

  提起阿Q，几乎无人不晓，这个以"精神胜利法"闻名于世的"国民灵魂"，他的鲜明的性格和深刻的形象内涵给人巨大的震撼，可是萧红笔下的马伯乐，却很少有人知道。理论界稍有涉猎的，也只是

---

① 见1988年1月8日《人民日报》。
② 见1988年2月8日《人民日报》。
③ 雪苇：《这样"告别阿Q"是古怪的》，载《鲁迅研究动态》1988年第9期。

把他当作与萧红"禁锢在个人小圈子里的生活密切联系着的""一个卑琐、庸俗、胆怯而又极端狡猾自私的知识分子，一个形如浮尸的抗战时期的青年典型"①，从而认定"这部小说从内容到风格整体都是灰沉而琐碎的"。显然研究者忽略或回避了其深刻的形象内涵。近来又有人进一步发掘其作品意蕴，"认为作品中所刻画的抗战时期那个胆怯自私、庸俗卑琐以逃难为乐的小人物马伯乐，是在中国近现代积淀的民族悲观主义心理意识的基础上产生的"②。这是不无道理的，但其对马伯乐这一艺术形象的审美发掘仍有待于进一步深化。我总感到这里蕴藏着更为深刻的东西始终没有被人们认识到。在认识和评价这一形象之前，我们有必要对其做一简要的介绍和分析。

马伯乐是"五四"之后出现的青年知识分子，也曾因"厌恶"他那"平庸沉寂、无生气"的封建洋奴式家庭三次出走，而自诩为"现代有为的青年"。尽管是阔少，但像阿Q一样，也是个在现实生活中十分困窘的弱者。

他对自己的懒散、懦弱无能以及十分困窘的处境是非常敏感的。他像阿Q忌讳自己头上的疤一样，忌讳别人揭他那节外生枝的罗曼史和他自己的懦弱无能。当他的太太说他无能的时候，他就气得"脸色惨白惨白的"，说："我讨饭去不要紧哪。你不会看哪个有钱有势的你就跟他去……"于是太太就大嚷大叫地抖搂了他"中兴"的罗曼史。像阿Q一样，斗败了，他就赶快"逃"，"逃"是他对待现实困窘的一个终生法宝。"这个时候他是勇敢的，他不顾一切，好像洪水猛兽在后边追着他，使他逃得比什么都快。"

他也厌恶那个洋奴式"绅士"的家。那时，正是五四运动前后，他也"觉醒"了，感到"久住在这样的家里是要坏了的，是要腐烂了的"。这个"现代有为的青年"，像阿Q离开未庄到城里去寻生计一

---

① 柯凭平：《不幸的萧红与萧红的不幸》，载《社会科学战线》1982年第3期。

② 邹午蓉：《新时期萧红研究述评》，载《文学评论》1988年第4期。

样,"果断"地从这个家逃到上海去了,临行虽不像阿Q那样到尼姑庵拔两个萝卜,却把太太的零碎东西收拾了几个大箱子,不过阿Q的萝卜只被尼姑庵的黑狗追掉了一个,马伯乐却被老太爷清早的咳嗽声吓得什么也没有来得及拿,就逃走了。

像阿Q的"中兴"一样,马伯乐也有发迹的时候,使周围的人都"敬畏"起来。第三次离家出走的时候,平时不太理他的太太也"对他表示着十分的尊敬""亲自做了一条鱼,就像给外国神父所做的一样"。他的母亲也跪到圣母马利亚的面前,去祷告了半点钟。马府上下一片庄严的气氛,"马伯乐有生以来第一次接受这样庄严的感情,自己受着全家的尊敬,于是他迈着大步在屋子里来回地踱着,他的手背在背后,他的嘴唇扣得很紧,看起来好像嘴里边在咬着什么……他觉得自己差一点也是一位主人"。于是,他就到上海做起了"主人",开了个书店。可是没有多久,他就糊里糊涂地把他父亲赞助的几千块钱花光了。就像阿Q在赌场上赢来的那"很白很亮的洋钱""昏头昏脑"地不见了一样,连他自己都莫名其妙。"这真奇怪,钱可到底哪儿去了?"他这样嚷嚷着。他的"中兴"的历史就这样接近了"末路"。

和阿Q一样,马伯乐也是爱幻想的,这是他对付困窘的现实的第二个法宝。他写不出小说,偏要写,一篇也没有写出来,他就对人说:"若是写抗日的,这不正是时候吗?这不正是负起领导作用吗?这是多么伟大的工作,这才是真正推动了历史的轮子。"于是"他越想越伟大,似乎自己已经成了个将军""从此他还戴起眼镜来,和一个真正的学者差不多了。"他自己的皮鞋从来也不刷油,沾上了泥只是用小木片刮,刮得发白了,仍是"堂堂正正"地走在街上,毫不羞怯。看见别人的皮鞋比他的亮,他就"油然生出一种蔑视之心"。阿Q见王胡的虱子比自己的多还只是泼骂,他却庄严地想到"中国人若都像你们那样,国家没有好……中国非……非他妈的"。于是就想象自己若是政府官员,他就"立刻下令是凡穿亮皮鞋的,都得抓到巡捕房去。这是什么时候,小日本就要上来了。你们还他妈的,还一点也不觉得。我看你们麻木不仁了"。仿佛这个时候他最爱国,他那因懒惰变得发白的皮鞋就是他无上荣光似的,就像阿Q想象自己成了革命党的情景一样,幻想又一次在困窘中"胜利"了。

他摆脱困窘的现实,聊以自慰的第三个法宝,就像阿Q欺凌小尼姑和小D一样欺凌比他还弱的人。在外国人的店铺那儿,他规规矩矩地排队。买米的时候,一看排在那儿的都是妇女,他就"抢着从女人的头顶上把米口袋扔过去了"。"他撞着她们,他把她们一拥,他就抢到最前面去了。"这时候,他简直比阿Q对小D的"龙虎斗"还勇敢些。在街上碰到卖荸荠的小孩,他自己手里没钱,不能买,看他是一个孩子,比他小得多,他就"伸出脚来往一边踢他";这之间走来一个强壮的外国人,踩掉了他的鞋,他却连忙道歉。

然而马伯乐也有自负的时候,他在上海开书店已经是山穷水尽了。他不得不把店里的房子租出去几间和几个店员住在一块。这个时候他是很不以为然的:"怎么书店的经理能够和普通的职员住在一起呢?"为了区别贵贱,他又"破费了好几块钱",买个屏风来,用这屏风"把自己和另外两个人隔开"。这正表现"现代国人灵魂"的精神面目,马伯乐比起阿Q来是一点也不逊色的。日本侵略者的入侵没有激起马伯乐一点的民族耻辱感,倒为他摆脱困境选出了一条"奇妙的逃路"。因此当人们逃难的时候,他不但没感到恐慌和屈辱,反而"很勇敢地和许多逃难的车子相对着的方向走去"。就像阿Q鉴赏城里人杀头一样,他"很自负"地"用了一种鉴赏的眼光,鉴赏着那些从北四川路逃来的难民"。这天晚上,他"睡得非常舒服",简直比阿Q听到"革命"的消息时还飘飘然。

阿Q与马伯乐,他们都是生活中的弱者,自轻自贱,但对自己的弱点都很敏感,各有自己摆脱困窘的"奇妙的逃路"。除了欺骗自己,借助幻想聊以自慰以外,也都善于欺凌比自己更弱的人,颇有小私有者的狡黠。他们同时又都很自负,不愿意承认自己受凌辱的窘境,竟达到妄自尊大的地步。因此,作为"国民灵魂"的"精神胜利"，是他们性格的核心。

一个是闭塞的半殖民地半封建社会的农民，一个是觉醒时代的小资产阶级知识分子。这样两个人物形象类似的客观依据是什么呢？他们所处的社会历史环境有哪些联系？萧红写作《马伯乐》的时候，正是抗战时期，自奉为"正统"的国民党政府置国家民族的命运于不顾，把大片国土拱手让给日本帝国主义，为摆脱他们洋奴的困境地位，给自己造出一条奇妙的逃路，却叫嚷什么"战略退却""攘外必先安内"，他们一方面在日本侵略者面前装出一副可怜相，一方面却对广大人民群众的抗日活动横加干涉，乃至镇压、杀戮……马伯乐所生活的这一典型的社会环境，正和阿Q所处的清末内忧外患的社会环境一样。旧的统治阶级已是危机四伏，却偏要强装出一副平静宽容的样子来安慰自己，新的社会革命正在兴起，统治者不甘退出历史舞台，却用冠冕堂皇的话做幌子，凶残镇压风起云涌的民族解放运动……狡黠、愚蠢、外强中干、妄自尊大，这一切都表现了他们共同的虚弱本质。

艺术形象是时代意识的艺术表现，任何时代意识都是统治阶级意识的反映，并由此渗入社会生活各方面，影响人们日常的思考和行为方式而获取特定的文化内涵。阿Q和马伯乐这两个形象表现了半殖民地半封建社会处在内忧外患中的新旧统治阶级的共同精神状态，同一思想本质，并由此折射出"国民性"的历史惰力，使我们能够得以透视这个社会种种潜在的巨大心理障碍和它底部的病端。

阿Q和马伯乐这两个典型形象或曰"文化角色"的内涵还不止于此。

我们已经说过，马伯乐的"出走"是他逃避困窘的现实，实行自我解脱的一个法宝。不过他比阿Q更狡黠，比他更冠冕堂皇罢了。阿Q为了"生计问题"不得不走出未庄，继而为摆脱自己的困境又要"革命"。阿Q的"革命"也不过是在幻境里肆意辱弄比他更弱的人，他并不是要消灭这种人剥削人、人压迫人的社会现象，而是要使自己从受凌辱境地改变为可以凌辱人的境地。他所想象的"革命"后"未庄的一伙鸟男女……跪下叫道'阿Q饶命'……第一个该死的是小D……"恰恰表现了他的"精神胜利法"独特的心理活动,并不像人们所说的是农民对革命的敏感和他们的初步的觉醒,而是更深刻地反映了"国民灵魂"在革命到来时惊人的麻木不觉和千百年来民族惰性的无可救药。千百年来的民族惰性所形成的"精神胜利法"式"国民灵魂"使他只能从革命中寻求一种摆脱现实困境的自我"解脱",而不会从理解革命真正意义的基础上去参加革命。否则阿Q就不成其为阿Q。鲁迅先生在《〈阿Q正传〉的成因》中说:"民国元年(1912)已经过去,无可追踪了,但此后倘再有改革,我相信还会有阿Q似的革命党出现。我也很愿意如人所说,我只写出了现在以前的或一时期的,但我还恐怕我所看见的并非现代的前身,而是其后,或者竟是二三十年以后。其实这也不算辱没了革命党……"鲁迅这段精辟的论述恰好预示了国民革命的发展前景,以及阿Q、马伯乐这类人物必然活动在中国大地上,再现于文坛"角色"里。萧红的《马伯乐》出现在"革命"后的文坛上,从"背景"性格到角色选择,它向我们宣告了阿Q的时代还远没有结束。这对于今天,不是有着更为发人深省、耐人寻味的警世意义和历史启迪吗?

如上,从阿Q与马伯乐这样两个类似的艺术典型或曰"文化角色"的共同社会历史渊源,我们探求到这两个人物形象的内涵。但这仅揭示了他们的共性,作为成功的艺术形象,他们必然会有自己的个性。我们知道,尽管阿Q的"精神胜利法"和马伯乐的逃跑主义哲学一样荒唐可笑,但阿Q荒诞的思想中还是有一定的合理因素的。这个连姓氏都被剥夺了的农民曾因想获得自己的姓氏而被打了一记耳光,已到而立之年向吴妈求爱又演出了一场"恋爱的悲剧",接着想用自己的劳动谋求活路而不得又出现了"生计问题",最后只是要改变自己困窘的生活状态,为了"革命"的梦想又被糊里糊涂地当作强盗送上了断头台。这就是鲁迅所说的"默默地生长、萎黄、枯死了,像压在大石底下的草一样，已经有四千年"的"沉默的国民的魂灵"。像萧红《生死场》与《呼兰河传》中芸芸众生相的"背景性格"一样，它在荒诞的表象里蕴含着强烈的悲剧因素。既写出了社会革命到来时广大民众缺乏能动的自觉意识的麻木精神状态，也深刻地反映了数千年社会历史重负及古老的封建意识对人民群众的愚弄和摧残。一个不仅财富，连思想和作为人的最起码的情感生活也被剥夺净尽的普通农民，只有"精神胜利法"成为他现实中的唯一慰藉。或是像《生死场》《呼兰河传》所描绘的一群只有返归动物的生命世界或"死"的境地才能寻到其"生"的起点和佐证的人，只有传统的神明成为其唯一的精神支柱。这种看似荒唐的社会现象，蕴藏着何等深刻的社会悲剧！阿Q的形象和纷扰于生死场及孤寂呼兰河上的人群"背景"里潜伏着想要做人而不得的中国社会底层多少人辛酸的梦魇。因此，在他荒唐举止中，萌动着半殖民地半封建社会呻吟在三座大山压迫下的广大农民的革命要求，表现着时代生活的某些历史趋向，有其社会现实的客观依据。而马伯乐所处的社会环境和他特定的阶级地位决定他完全失去了历史的必然，他的逃跑主义哲学也只是阿Q精神胜利法的变态，是"阿Q式的革命党"在执政之后，外强中干的精神面目写照，或是民族失败心理的"深层"积淀和审美表现。我们看他并不像阿Q那样，由于缺乏自我意识荒诞地对待严峻的客观现实，以致四处碰壁。他只是由于缺乏内在的道德力量荒诞地对待他自己，而他对自己在现实生活中的窘境还是十分敏感的。这也就是他的回避现实的逃跑主义哲学和阿Q精神胜利法的本质区别。作品写到"他实在很胆小，但是他却机警。未发生的事情，他能预料到它要发生，坏的他能够越想越坏。悲观的事情让他一想，能够想到不可收拾"。因此他不会有阿Q及其封闭民俗社会中的愚民那样的悲剧，他独特的社会地位及其思想阅历决定他只能是一个荒诞不经的喜剧形象。这种既对自身在客观现实中的窘境十分敏感又缺乏内在的道德力量，靠谎言和幻想欺骗别人，也欺骗自己，在回避现实的"奇妙的逃路"中寻求慰藉的喜剧性格，正反映了"阿Q式的革命党"在失去社会历史的客观趋势之后的虚弱本质，同时也折射出民族失败心理的历史惰性。马克思在批判黑格尔唯心主义历史观时曾一语道明："黑格尔在某处说过，一切巨大的世界历史事变，可以说都出现两次。他忘记了一点，第一次是以悲剧出现，第二次是以喜剧出现。"从阿Q到马伯乐，正可以看出这样一个富于美学意义的历史进程。萧红本人的创作也是这样由"悲"到"喜"，从背景拓展到角色选择，而使之更富于美学思考的历史逻辑过程的。

没有个性就没有共性。阿Q与马伯乐的独特个性构成了这两个人物形象各自不同的社会意义。但典型人物的共性如果没有时代、社会、历史、民族这样由多重内涵组成的深层本质，人物的性格也不会具有如此鲜明的个性特征。马伯乐形象中凝聚着深广的社会历史内容，使他的喜剧性格熔铸着多层次的时代画面而具有了独特的美学意义。只要阿Q时代没有结束，这一人性的阴影还笼罩"现代"国人，这一角色就将永远伫立于由"传统"背景构成的历史前面，嘲讽人们的自负和"现代"幼稚病而永久地给我们一面思想的镜子。

一个是"压在大石底下"数千年不知自己为何物的喜剧性的悲剧，一个是"失去其存在根据而又要勉强抗争"的荒诞不经的喜剧。塑造这样两个人物形象，决定于作家不同的创作态度和各具特色的艺术风格。鲁迅怀着"哀其不幸，怒其不争"的复杂情感，才塑造出阿Q这样一个具有悲喜双重属性的丰满形象，使作品博大深沉，庄中寓谐。而萧红则用她的马伯乐对着"人类的愚昧"所造成的荒诞不经的社会现实发出一声警笛，促人惊醒，给人以深深的启迪。因此《马伯乐》的幽默之中隐藏着其对"没有死去的阿Q时代"的一种冷峻、峭拔的反讽，在轻松的哂笑中具有割除一切社会弊害的锐利锋芒。

但是，萧红如果仅仅用马伯乐这样一个形象影射社会现实，作品就不会具有如此丰富的社会历史内容和深刻的现实意义。如前所述，1938年夏，萧红在大后方的一次抗战文艺界座谈会上，就曾说过：

"现在或是过去,作家写作的出发点是对着人类的愚昧!"《马伯乐》不仅在对病态社会现实的批判中揭示了民族危难的内在因素,深刻揭露了国民党政府消极抗战的反动实质,而且在民族危亡的生死关头暗示了改造国民性是个长期而又艰巨的历史课题,触及了阻碍社会历史发展和民族自立的根本问题。萧红"吸取的一直是鲁门的乳汁"①,她曾长期致力于对改造国民精神的探索。萧红旅居日本时在给萧军的一封信中就曾谈及"民族的病态"和"病态的灵魂"②。她认为要改革中国人生,就要医治人民的灵魂。在她短暂的文学生涯中,从《生死场》到《呼兰河传》乃至《马伯乐》,她都在这方面表现出了一个年轻女作家敏锐的独创性,为那个病态的社会找到了它的症结所在。尤其是在鲁迅先生直接影响下创作的晚期作品《呼兰河传》与《马伯乐》,从中既可看到作为"民族魂"的一代宗师鲁迅先生对她的深刻影响,又不难看出她艰辛探索"民族的病态"的独创天才。这并不是我们强加给作者的。1938年写作《呼兰河传》与《马伯乐》的前期,她就曾经和人谈过她"要写《阿Q正传》《孔乙己》之类,而且至少在长度上超过他(鲁迅)"③,《马伯乐》剥落了文化角色的"现代"伪饰,而以其动人的艺术力量将国民性批判的历史主题引向深入,使人们重新反思"没有死去的阿Q时代",从这一点上来说,作品是较好地完成了创作意图的。

美国学者葛浩文在谈及萧红《马伯乐》的评价问题时曾说:"在中国现代文学的范畴中,幽默式的讽刺不被列为最受欢迎的体裁。"④事实上确是如此。从《小说月报》开始,中国现代文学形成了其谨严

---

① 赵凤翔:《萧红论》,载《开封师院学报》1979年第1期。
② 萧军:《萧红书简辑存注释录》,黑龙江人民出版社,1981年1月版,第100页。
③ [美]葛浩文:《萧红评传》,北方文艺出版社,1985年3月版,第130—131页。
④ 聂绀弩:《萧红选集·序》,载《萧红选集》,人民文学出版社,1981年5月版,第1页。

的现实主义文学主潮和审美抉择,对于幽默和讽刺艺术始终是难以接收或拒斥不纳的。"由于中国传统的'和谐'审美观及其'中庸'哲学背景在最深层的文化结构上桎梏了中国人喜剧谐趣的智慧、力量,而只求心理平衡的惰性思维在无意识心理结构中难免最终影响到现代幽默小说的文化性质和审美选择,因而最终难以构成具有现代美学意义的幽默情致,归根结底还是缺乏对现实人生的一种深切悲酸的体验和对危机的认识……因而它缺乏一种更简洁的机智……而始终以拯世的幻想陷入不尽忧思之中,淹没了幽默情境开掘民智的美学功用,而致使其犀利的剑锋亦随之黯然失色。"①这是笔者对中国现代幽默小说审美特征及其文化特质提出的一点个人看法,它用来注释中国现代文学缺乏幽默机制的美学渊源及其审美倾向保守性的某些文化原因也是不无道理的。萧红的《马伯乐》可以说是超乎中国现代文学、包括幽默文学审美规范的为数不多的富于个性的审美创造,所以它一直难以为人们所接受或肯定也就可以理解。因为《马伯乐》的出现不仅动摇了"现代"国人的文化自信,而且也再次动摇了人们按着某种潜在的思维习惯和文化需求所做的"现代"审美选择及其严谨的艺术信念和理论模式。如前所述,早在《阿Q正传》问世不到十年的1928年,太阳社的才子们就曾为其"俏皮刻毒"的"一切的怀疑"而焦灼难耐,并因"中国文坛似乎仍然是他们的'幽默'的势力,'趣味'的势力,'个人主义思潮'的势力"而惶惑不安起来,从而断言这"阴险刻毒"的"《阿Q正传》的技巧随着阿Q一同死亡了"②。一个更有趣的历史现象是,往往愈是更为急切地以貌似激进的面目出现的革新者,在其思想深处恰恰愈见出更为保守的文化倾向。钱杏邨等人也是

---

① 皇甫晓涛:《寓悲于喜的中国现代幽默小说》,载《天津社联学刊》1988年第7期。

② 钱杏邨:《死去了的阿Q时代》,原载《太阳月刊》,1928年3月号及5月号,转引自《鲁迅思想研究资料》(下册),国家出版事业管理局版本图书馆研究室编。

这样，他们措辞激烈地对于所谓"完全变成个落伍者"的鲁迅的围剿和批判，恰可看出其缺乏足够的现代文化自信面对"阿Q的时代"及其所需的具有荒诞意味的历史反省和审美抉择。其实严格说来，鲁迅不仅仅是个现实主义的艺术大师，他的"现代"审美智慧更多地是以荒诞形式的现代主义艺术表现出来的，如《狂人日记》《阿Q正传》，都有着深刻的反讽意味。"现代主义是一个总称，包括印象主义、象征主义、表现主义、意识流、未来主义、立体主义等等，名目繁多，各有特色，相互间也有差异和分歧，但在本质上却有共同点。这就是标榜'现代意识'要求'反传统'，但主要要反对现实主义……"①在非现实主义的隐喻结构中，鲁迅尽管没有标榜其现代主义的创作主张，但是他的作品深刻的"反传统"的"现代意识"不能不以更为简洁有力的荒诞形式来完成。这决定其仅有"现实性、真实性、典型性"的写实艺术是不行的。《阿Q正传》的讽刺力量来自其深刻的现代审美意识和文化抉择。最近湖南师大中文系研究生阎真同志，以《理解阿Q：在现实主义界柱之外》为题，对此阐发了一些较为新颖的见解。文中尖锐地提出："长期以来，人们将阿Q看作现实主义形象。因拘泥于此，人们长期没有明确意识到：对阿Q形象的反常性、怪诞性做出合理解释，是理解这个形象的基础性、关键性问题。""阿Q作为鲁迅致力批判的种种国民精神病态的集大成者，并非一个现实主义的文学形象。小说的表现手法，已经超出了现实主义的细节真实性和客观地再现生活的要求，使阿Q形象产生了变形，并有着反常性和怪诞色彩。这种与现实拉开距离的艺术手法，就是与再现手法相对的表现法，或者称作广义的'表现主义'。""作者选择的艺术形式，是有特殊审美功能的有意蕴的形式。"从而进一步指出："仅仅在现实主义的界柱之内理解《阿Q正传》已经成了一种传统。这种传统显然使许多研究者失去了应有的艺术敏感，使他们不能去深入思考那种漫

---

① 林志浩：《鲁迅与现代主义、象征主义》，载《社会科学辑刊》1988年第2期。

画化的描写所产生的使人物变形效果具有的功能意义。"① 确实,能否理解现实主义之外的"现代主义鲁迅"这条潜在的审美思想线索,不仅是如何理解怪诞的"阿Q和阿Q时代"的荒诞性的问题;更重要的是这涉及长期以来被我们忽略掉的,或说是我们始终难以有足够的勇气去面对的中国现代文学另一条潜在的审美思考线索,而很难站在现代文化视界来把握鲁迅之后的萧红等作家作品的审美意蕴。萧红《马伯乐》一再被人误解以致曲解而长期遭受冷落,其原因大概就是就幽默艺术的荒诞形式和审美规范来说,它触及了一个延续至今而又始终没有得以解决的中国现代文化思想的一个巨大的潜在困惑,一个缺乏内省智慧和幽默机制的民族面对"现代"审美选择时的惶惑和固执。正像《新时期萧红研究述评》一文所指出的那样:"《马伯乐》在问世四十余年后,才得到理解和较为公允的评价,这里面不包含着许多值得我们反思的教训吗?"这一文化现象提供给我们的理论思考已远远超过对《马伯乐》这部作品思想、艺术得失评价问题本身。

载于1989年第7期

---

① 阎真:《理解阿Q:在现实主义界柱之外》,载《湖南师范大学社会科学学报》1988年第2期。

鲁迅作《脸谱臆测》之来龙去脉

夏明曦

《鲁迅日记》中，1934年10月31日记有"得叶紫信并稿费五元，即复"。1935年1月6日又记，"得阿芷（叶紫）信并检查官所禁之《脸谱臆测》稿一篇"。

关于鲁迅先生这篇《脸谱臆测》的来龙去脉，我以亲历者身份追述如下，也算是20世纪30年代文化的一支小插曲。

筹备影刊

我国电影从20世纪30年代起，在左联领导下，开始出现反帝反封建的题材，因而博得了广大观众的拥护与欢迎。当时，上海各报刊、出版社纷纷竞出电影副刊与电影画报。笔者也应"乐群图书公司"之聘，与作家曹聚仁合编一本月刊，曹负责主编正面文稿曰《文化列车》，我编辑封底文稿曰《银色列车》。从此，我便与电影文学结下不解之缘。

1934年夏，在上海杂志公司张鸿飞的怂恿下，我和朱金楼、陈家枢、何佐明等四人，在上海白克路（今凤阳路）珊家园4号创办了一个"电影图书出版社"。先出版一本《明星家庭》季刊，专以图片和精美的印刷取胜。何佐明是职业摄影工作者；陈家枢毕业于上海美专,主攻美术,对摄影有独特的钻研。第一期《明星家庭》选择优秀的电影演员阮玲玉等五人的家庭生活图片汇编成册,影刊一出,读者竞购,销售一空。进而我们又筹资出一本以电影、漫画、文艺为主的综合性月刊,定名《电影·漫画》。打算以编印精美的新姿态出现于上海杂志界。内容既要有第一流作家的新作品,又要有思想性、艺术性较高的影剧照片和美术作品配合,力求形式与内容统一。

巧遇叶紫

张静庐先生与我同乡,他是浙江慈溪人。在陈布雷主《商报》笔政时,他任过外勤记者。后与同乡洪雪帆经营"现代书局",专出新文艺书籍。施蛰存与杜衡合编的《现代》月刊,即为该书局的当家刊物。后洪某转向搞金融,静庐独具慧眼,便在福州路广益书局旁独资创办"上海杂志公司"。张鸿飞乃他的亲侄,本在乡务农,由其叔携带来沪,嘱其在公司经办发行业务。我与静庐先生认识是在办《宁波日报》的时候,他兼过短期的总编,我在他领导下编过副刊,因为他的关系,也与鸿飞相识。

为筹出《电影·漫画》月刊,我与朱金楼也几乎每天下午都去上海杂志公司的阁楼上座谈。在那里,作家、画家、编辑川流不息。一天,来了一个矮小个子、口操湖南口音的青年人,大概是为结算"版税"(即稿酬)。经鸿飞介绍,知他就是青年作家"叶紫"。对叶紫,我们早有所知,他是鲁迅先生哺育出来的一位文坛新秀。叶的处女作《丰收》是经过先生细心校阅、写序并介绍出版的,从而得到鲁迅先生的信任。鸿飞介绍说,鲁迅先生寓居施高塔路(今山阴路)大陆新村,近来因病不常外出,许多私事都托胡风、叶紫二先生办理。你们办杂志要邀请鲁迅先生写文章,求叶紫先生帮忙是条捷径。

邀约鲁迅、茅盾先生的文稿,这是我们企盼已久的事,年轻而浅薄的我们,把能得到鲁迅先生的文稿视为一种殊荣。于是,我们把办

《电影·漫画》的计划与叶紫说了,希望通过叶获得鲁迅先生的支持。叶紫考虑了一下,回答说:"鲁迅先生是严肃的,他绝不给投机者逞其利,也不轻易替不熟悉的对方写稿,如果你们需要,那么你们把全部稿件给我看看,或许会征得他的同意。"青年作家有着使人喜爱的直率。当下我们说妥了稿件的篇数、字数以及稿酬的计算标准。根据我们的能力,稿费只能出二至五元一千字。当然,对鲁迅先生的文稿是以最高数计算。为尊重先生,随即我们预付五块钱,请他交与先生。前面《鲁迅日记》中所指"得叶紫信并稿费五元,即复"即指此事。

喜获鸿文

大约过了一周,叶紫来白克路找我们,他带来了几篇稿件,有东北作家李辉英的《过沈阳》、胡依凡的散文《山居杂记》,有他自己写的短篇,等等,其中最珍贵难得的,是得到了鲁迅先生的一篇用四张米色道林纸稿笺写的杂文,共计两千字左右,文章题目是《论脸谱及其他》,通篇用潇洒娟秀的毛笔字书写,一眼可以认出是先生的手迹。实际上,鲁迅先生那时有很多作品是出自他夫人许广平的代抄写。

文章结构严密,没有一处涂改,可见先生的谨慎与细致。文题底下不写鲁迅名字,而用"公汗"两字的笔名。我们已在《申报·自由谈》上见过几次"公汗"的面,想不到就是先生的化名。当人们一旦发现了秘密,就像哥伦布发现新大陆那样感到新鲜有趣。

喜获鸿文,着实令我们高兴了几天,增强了我们办刊物的信心与力量。谁说我们"年轻浅薄,不登大雅之堂",我们不是获得了文坛巨星鲁迅先生的支持吗?只要我们在漫画与图片方面紧密配合,文艺方面让阿芷包下来,《电影·漫画》完全可以办成一本既有思想性,又有艺术性的综合性刊物。

送审"腰斩"

20世纪30年代初期的上海文化界，国民党上海市党部在南市设置了"图书杂志审查处"，全上海所有书籍、杂志出版，都须经他们审查通过。《电影·漫画》创刊号的全部文稿，当然"遵命"送审了。时隔多日，没有消息，心头不免焦急！过了些日子，托人去催，也无动静。一天，终于"审毕"发回了，除了有几篇文章被删句、删节外，最大的不幸，便是在《论脸谱及其他》的四张稿笺上都盖上"抽去"的紫色橡皮印章！这篇鸿文被判官的红笔，判处了死刑！

我们立即告诉叶紫，请他转告鲁迅先生。但原稿并未奉还，我们企图用偷梁换柱的方法混过检查官的耳目以后再用。因此，先生的手迹仍留在陈家枢家。

不久，《电影·漫画》创刊号终于问世了。杂志送到读者的手里，得到不同程度的评价。可是，我们的读者，哪里会知道在创刊号的幕后，却存在一个伟大作家的鸿文被处绞刑的悲剧！

逸文解疑

《鲁迅日记》1935年1月5日所记，"得阿芷信并检查官所禁之《脸谱臆测》稿一篇"，令我颇感茫然。

其一，鲁迅先生当年的手迹原稿，我们并未退还与他，何以叶紫会把《脸谱臆测》稿退与先生？令人费解。

其二，我们1934年所收到的鲁迅文稿标题确是《论脸谱及其他》，为何横档里又生出《脸谱臆测》的题目来？这是先生后来改作的吗？

看了《鲁迅日记》所记，我久思不解。遂将此一情况，写信与北京人民文学出版社《新文学史料》编辑部要求查实解疑。兹接该社郭娟同志函告，原来《论脸谱及其他》原稿，我们虽没退还先生，而叶紫却手里存有抄稿，当鲁迅先生得知稿子不能在《电影·漫画》发表后，适值李辉英编辑的《生生》杂志，亦向先生索稿，大约先生改了个题目，便交与《生生》。然而，《生生》又逃不掉国民党检查官的眼目，稿子又退回来。因此，《鲁迅日记》1935年1月6日所记的日记，实则是指《生生》的退稿，也是由叶紫经手的，郭娟同志说，那时替鲁迅办事的，一个是胡风，另一个就是叶紫。

不管是《生生》的退稿，还是《电影·漫画》的退稿，我以当年亲历者之一来说，我们收到鲁迅先生手迹确是《论脸谱及其他》。就我所知，当时这篇文稿由《电影·漫画》的另一编辑陈家枢收藏。我们电影图书出版社由他投资，社址就设在他家里——白克路珊家园4号。

《电影·漫画》出刊两期，我和朱金楼即退出，由上海美专校友顾逢昌接编。我和何佐明与上海杂志公司张鸿飞合作创办《电影生活》月刊，朱金楼则自办《中国漫画》。顾逢昌与陈家枢合作继续出版《电影·漫画》，直到1935年秋顾去南京工作终刊。屈指算来，已有半个多世纪了，我们之间未有联系。何佐明新中国成立前在上海淮海中路开设"何氏摄影室"。唯与朱金楼，近年常有往来。金楼乃刘海粟大师的高足，新中国成立后曾任浙江美术学院教务长。1957年与江丰、莫朴一块受屈，划为右派，十一届三中全会后平反返校复职。数年前退居二线任美院咨询委员会副主任闲职，现幽居湖上。去年我去杭，吾等忆及往事，及鲁迅先生遗稿事，颇多感慨。

载于1991年第12期

也谈《脸谱臆测》的来龙去脉

马蹄疾

鲁迅的《脸谱臆测》，在收入《且介亭杂文》之前，没有在报刊发表过，鲁迅在《且介亭杂文·附记》中曾说明："《脸谱臆测》是写给《生生月刊》的，奉官谕：不准发表。我当初很觉得奇怪，待到领回原稿，看见用红铅笔打着杠子的处所，才明白原来是因为得罪了'第三种人'老爷们了。现仍加上黑杠子，以代红杠子，且以警戒新作家。"从这篇《附记》看，知道这篇《脸谱臆测》是为李辉英主编的《生生月刊》而作的。

关于鲁迅向《生生月刊》投寄《脸谱臆测》一稿的经过，李辉英曾在《鲁迅先生的两封来信》（载1978年香港《海洋文艺》第5卷第9期）中有一段回忆说："鲁迅先生一九三五年二月二十二日信，说到生生公司，从该公司可以找寻一星半点线索，原来这期间我曾编辑过一份《生生月刊》，出了一期就收档大吉了。怎样去了生生美术公司编辑这份杂志，已寻不出脉络，只知道这间生生美术公司，是一间新的公司，营业方面以印刷发行七彩日历和美女画片为大宗，老板孙玉声，别署海上漱石生，名著《海上繁华梦》，本是鸳鸯蝴蝶派一位出名的作家。……同日《鲁迅日记》所记的'得李辉英信，即复并还生生美术公司稿费泉十'，这封信，可能与稿件审查有关，因为鲁迅先生的稿子，不幸被审查老爷大卸八块，但只见原稿上面，东一道红印，西一道红印，简直再无拼凑成篇的可能，我把原稿奉还（好像是由已故湘籍作家叶紫先生代转的），清了手续。鲁迅先生办事很认真，稿子既被肢解，当然不便发表，因而将稿费十元寄还。"

除李辉英的回忆外，我们还可以从鲁迅书信、日记和著作中找到线索。

《鲁迅日记》1934年12月20日记："得生生月刊社信。"这是鲁迅收到李辉英以生生美术公司（即图画书局）《生生月刊》编辑部名义向鲁迅约稿的信。

同年12月25日又记："得图画书局信并预付稿费六元。"这是鲁迅收到李辉英为《生生月刊》预支的稿费。此时李辉英尚未收到鲁迅的稿，为争取鲁迅写稿，用预支稿酬来吸引作者，使作者不得不写，这原是编辑拉名家稿的手段。

同年12月27日又记："上午寄生生公司稿一篇。"鲁迅收到预支稿费后，即于该日投寄《脸谱臆测》稿一篇。

1935年1月7日记云："得阿芷（叶紫）信并检查官所禁之《脸谱臆测》稿一篇。"据李辉英回忆，此稿是通过叶紫送还鲁迅的。

同年1月11日又记："下午得李辉英信。"李辉英来信大约是告诉鲁迅，《脸谱臆测》稿因送图书报刊检查机关送审，未被通过，而将原稿托叶紫送还。

同年2月23日又记："得李辉英信，即复。并还生生美术公司泉十（按似应作六）。"鲁迅得李辉英信后，即将去年12月25日预支稿费六元退还。

以上《鲁迅日记》所记，与李辉英的回忆，内容完全一致。从事件的发生到了结，都在1934年12月20日至翌年2月23日的两个月内。

这里有一个问题，是使笔者百思而不得其解的，即鲁迅投稿《生生月刊》事，开始于1934年12月20日，而现存《脸谱臆测》落款时间，明明写的是"十月三十一日"（见《且介亭杂文》）；可以证明鲁迅这篇文章是两个月以前所写的，为什么在以后，才把这篇文章寄给

《生生月刊》呢？笔者读了夏明曦先生的《鲁迅作〈脸谱臆测〉之来龙去脉》(载《鲁迅研究月刊》1991年第12期)后，恍然大悟，这篇文章解决了笔者久积的疑团，真正道出了鲁迅的《脸谱臆测》一文的"来龙"，夏文所引《新文学史料》编辑部郭娟君分析的"去脉"，也是近理的，可惜的是，在引用郭娟君的信时，未能提出足够的文字依据，笔者在这里可以从鲁迅的书信里找到一个旁证，来证明郭娟君推测的正确。1935年1月6日鲁迅致曹靖华信中，有这样一段话："我新近给一种期刊作了一点短文，是讲旧戏里的打脸的，毫无别种意思，但也被禁止了。"

信中所说的"一点短文"，是指夏文所说的《论脸谱及其他》一文；"一种期刊"，不是指《生生月刊》，而是指夏文中提到的《电影·漫画》。何以见得？因为此信写于1935年1月6日，而李辉英的《生生月刊》托叶紫把《脸谱臆测》稿退还鲁迅，是同年1月7日的事，鲁迅给曹靖华写信时，还没有收到叶紫的信和《生生月刊》退给的《脸谱臆测》稿，因此所读的只能是投给《电影·漫画》的《论脸谱及其他》一文，根据夏明曦先生的回忆和李辉英先生的回忆，对照鲁迅的日记、书信和著作，《脸谱臆测》的来龙去脉大致应该如下：

1934年10月28日，《中华日报》副刊《戏》周刊第11期发表伯鸿(田汉)的《苏联为什么邀梅兰芳去演戏(上)》一文，提出旧剧中的脸谱有意无意地使用着象征手法，如白表"奸诈"，红表"忠勇"。(《且介亭杂文·脸谱臆测》)

10月31日，鲁迅"得叶紫信并稿费五元，即复"(《鲁迅日记》)。叶紫这次来信，是代《电影·漫画》向鲁迅约稿，并寄预支稿费五元(夏明曦回忆)。鲁迅得信后，当天即作《论脸谱及其他》一文，与田汉一文商榷。

12月17日，鲁迅得叶紫信并补稿费一元。(《鲁迅日记》)此补稿费一元，大约是叶紫转来《电影·漫画》根据《论脸谱及其他》一文的实际字数补发的稿费。

其间,《电影·漫画》创刊号送审结果,鲁迅的《论脸谱及其他》一文禁止刊出,《电影·漫画》编辑部立即将此消息告诉叶紫(夏文回忆)。叶紫在12月19日赴鲁迅在梁园招饮时,可能即将此消息告诉了鲁迅。

12月20日,鲁迅得李辉英为《生生月刊》的约稿信。(《鲁迅日记》)

12月25日,鲁迅收到《生生月刊》预支稿费六元。(《鲁迅日记》)

12月27日,鲁迅即将原送《电影·漫画》的《论脸谱及其他》底稿找出,改题《脸谱臆测》,寄《生生月刊》主编李辉英。

1935年1月6日,鲁迅致曹靖华信中,提到自己的《论脸谱及其他》一文,投给《电影·漫画》而被检查官禁止未得发表的事。

1月7日(夏文中,两处提到这日期,一处作"一月六日",另一处作"一月五日",均误,根据《鲁迅日记》应作"一月七日"),鲁迅收到叶紫信并检查官所禁之《脸谱臆测》稿。至2月23日鲁迅将《生生月刊》预支稿费退还李辉英。《脸谱臆测》两次投稿,两次被禁之公案全部了结,其来龙去脉才全部告白于天下。

载于1992年第4期

萧红画像找到了归宿

黎洁瑚

著名小说家萧红，喜爱中国现代文学的读者都不会陌生。20世纪30年代，到上海从事创作，得到鲁迅提携，引起文坛瞩目。1940年辗转到香港，1942年病殁，时值日军占领香港，兵荒马乱之中，几位好友将她草草埋在浅水湾畔。十五年后，经中国作家协会、中国作家协会广州分会倡议，已寒的尸骨才迁葬广州银河公墓。

怎料，也许是萧红的英灵还眷恋着香港吧，在历史的周折中，一幅年轻萧红的画像有意无意地留在香港，达三十三年之久，最近，珍藏者、香港名作家高旅决定将它无条件捐赠市政局图书馆。据悉，待位于维多利亚公园对面的香港中央图书馆建成后，这帧集诗、书、画三绝于一身的萧红像将由该馆的香港文学特藏室保管并公之于世。画像是北京画院副院长尹瘦石据照片所绘，诗人聂绀弩的六首吊萧红七律，由诗人陈迩冬以行书亲题其上；诗作前并有聂绀弩记述画像寄港缘由的小引。

尹瘦石这幅水墨画将青年萧红描画得神采奕奕，栩栩如生。而在画的背后，不仅凝结了现代中国四位文艺家深长的情谊，也折射了他们在动荡时势下血泪斑斑的命运。至于画像收藏、献出的因缘，则为香港文坛增添了一段佳话与光彩。

今年七十九岁的高旅擅作历史小说、杂文和文史随笔，跟画家尹瘦石、诗人聂绀弩和陈迩冬是多年老友，与聂尤为稔熟。高是江苏常熟人。1936年，他还在苏州编文艺周刊时，便向聂约稿，初结文缘。20世纪50年代初，聂在港出任《文汇报》总主笔，力邀高当主笔，合力在资金短绌的情形下，把《文汇报》惨淡经营起来。

尹、陈与聂交情甚笃。20世纪60年代初，高旅与聂绀弩通信提及要以客观态度为萧红写传。可是，不久聂来信属意高操觚。高接信不以为意，也不把事情放在心上。稍后，高得悉尹瘦石竟已画好萧红像，陈迩冬也已题好聂诗，且画正装裱，不日可寄到。

后来，聂绀弩陆续把吊萧红的七律寄给高旅，名义上说是"吟坛雅正"，实际上，高旅揣测，无论是尹瘦石也好，还是聂绀弩也好，都担心萧红画像和诗稿面临一劫，荡然无存；为避过当时京、港严禁通信的环境，他们就找个"师出有名"的借口，把画像转移到香港。一转眼，高旅保存萧红像过了三十三年。高旅说，朋友的冤案虽平了反，他与尹瘦石已年将八十，聂绀弩和陈迩冬则做了古人。他觉得不宜让这帧见证了历史风云的画像散失，因此于去年12月16日致函市政总署公共图书馆总馆长麦建琳，表示愿意无条件将画捐出，展览于将建成的香港中央图书馆中，借以纪念萧红。

（原载《亚洲周刊》1997年8月10日黎洁瑚文）

载于1997年第9期

萧红佚信一封

晓 风

前些天，因人民文学出版社编辑出版"漫忆女作家丛书"之《萧萧落红》一书，我想起在公安部门发还的信件中似乎有一封萧红给我父亲胡风的信。经过翻找，果然有这么一封信。署名是萧红和端木蕻良，可是笔迹是萧红的，且语气也是萧红一人的，时间则是1938年3月30日。这对于萧红研究是很难得的一份资料。现将它们全文抄录如下：

胡兄：

我一向没有写稿，同时也没有写信给你。这一遭的北方的出行，在别人都是好的，在我就坏了。前些天萧军没有消息的时候，又加上我大概是有了孩子，那时候端木说："不愿意丢掉的那一点，现在丢了；不愿意多的那一点，现在多了。"

现在萧军到延安了。聂也去了。我和端木尚留在西安，因为车子问题。

为西北战地服务团，我和端木、老聂、塞克共同创作了一个三幕剧，并且上演过。现在要想发表，我觉得《七月》最合适，不知道你看《七月》担负得了不？并且关于稿费请先电汇来，请□用，是因为不知什么时候要到别处去。

屠小姐好！

小朋友好！

萧红端木三月卅日

塞克附笔问候

电汇到西安七贤庄八路军驻陕办事处萧红收。

关于萧红与萧军分手以及萧红旋即与端木蕻良结合，有关文章中已写得不少了，这里我不再多说，只就写此信时的情况做些说明。

全面抗战爆发后，萧红与萧军于1937年10月10日来到当时的抗战中心武汉。在那里，他们结识了也来到武汉的青年作家端木蕻良。次年1月27日，萧军、萧红、聂绀弩、田间、艾青、端木蕻良等应山西民族革命大学之请，从武汉出发辗转来到山西临汾。但不久，战事逼近临汾，萧红便随丁玲的"西北战地服务团"离开临汾，经运城到达西安，同行者中有端木蕻良。萧军则另路离开临汾，最后于3月21日到达延安。4月初，萧军来到西安，此时萧红离开西安去兰州，萧红与端木蕻良则于4月17日离开西安回了武汉。

写这封信的时候，正是萧军在延安之时。从这封信我们看到，就在"前些天"，萧军没有消息，萧红又因怀孕而心情极坏，她与端木结合了。端木说的那句话表示的正是她内心的矛盾，而这封信也正是他们两人已经同居的信号。

信中所说的剧本《突击》是在萧红他们去西安途中写成的，表现的是中国人的抗战精神，后来由"西战团"在西安演出，获得很大成功，胡风则在1938年4月1日出版的《七月》第12期上发表了它。

1月27日离开武汉到4月17日离开西安回武汉，这短短的不到三个月中间,萧红的个人生活发生了多大的变化呀!幸耶?非耶?任凭后人评说。

(原载《中华读书报》2001年1月8日)

载于2001年第2期

抬鲁迅棺材的人

孔海珠

1936年10月19日5时25分,鲁迅先生在他的寓所与世长辞。这个噩耗惊动了无数的中国人,在上海,敬仰他的民众络绎不绝地参加治丧活动,他的葬礼成了汇合民众呼声的海洋。鲁迅,一个伟大的名字,在中国,在上海,通过葬礼,非常具体地、深刻地表达了人们对这位"民众意志的代言者,时代号筒的鲁迅先生"的敬意。

鲁迅的葬礼场面

回顾鲁迅先生葬礼场面,是神圣而有意义的。

鲁迅去世后,在北四川路施高塔路(今山阴路)大陆新村9号的寓所,首先成立了由蔡元培、内山完造、宋庆龄、史沫特莱、沈钧儒、萧参、曹靖华、许季茀、茅盾、胡愈之、胡风、周作人、周建人十三人组成的治丧委员会,发表鲁迅先生讣告:

鲁迅(周树人)先生于一九三六年十月十九日上午五时二十五分病卒于上海寓所享年五十六岁即日移置万国殡仪馆由二十日上午十时至下午五时为各界瞻仰遗容的时间依先生的遗言"不得因为丧事收受任何人的一文钱"除祭奠和表示

哀悼的挽词花圈等以外谢绝一切金钱上的赠送谨此讣闻。

讣告刊登于上海中文和日文的报纸。

当天下午3时鲁迅先生的遗体移到了胶州路万国殡仪馆二楼。这个移动是殡仪馆派车来接去。

第二天上午开吊。灵堂设在殡仪馆正门的大厅里。遗容已移到大厅后面的一个小厅里。由于凭吊者很多，于是又成立了一个"治丧办事处"，担任丧事的内外事务，维持秩序。第一天前来瞻仰遗容的有4462人，外加46个团体。第二天个人有2857人，团体68个。下午举行了小殓，即把先生的遗体安入灵柩里，从此只能从那棺罩的玻璃外面瞻仰半身的遗容。第三天来的人更多。下午，举行"启灵祭"，有三十余人参加，在最后的行礼瞻吊后，盖上了外层的大盖，从此人们和先生的面容永远隔绝。

10月19日逝世至22日安葬这四天间，赴万国殡仪馆瞻仰遗容以及伴送至万国公墓参与葬礼者，前后多至数万人。行列在前面的是欧阳山、蒋牧良，两人分左右执撑着"鲁迅先生殡仪"一幅白布制的特大横额，别人也来交替地与他们换手。因为送葬的群众实在太多了，所以前面已走了半天，先生的灵柩才由灵堂抬出来。在灵车之前是一幅巨大的先生画像，是画家司徒乔的手笔。当时在沪西一带，到处都是低着头、沉着脸、衣袖上缠着黑纱的男女青年。他们手里举着白布制成的挽联，一队队排列在马路上，唱着挽歌，感情激昂到顶点。

在租界区域内，工部局为了维持秩序，派了一队印度骑巡队来"保护"。行到了中国界的虹桥路，便由全副武装的黑衣白裹腿的中国警察接替了。

殡仪馆到万国公墓有十多里路，没有送丧的车队，年长的、尊贵的都一律步行跟随，有蔡元培、宋庆龄、沈钧儒、章乃器、李公朴、胡愈之、王造时等。年幼的小学生也加入步行送葬鲁迅先生。所以，队伍全部到达公墓时，天已经黑下来了。

田军在《逝世经过略记》一文中记叙了以下葬礼过程——

抵达墓地就按着这样的程序开始了葬仪：

一、奏哀乐。

二、由蔡元培、沈钧儒、宋庆龄、内山完造、章乃器、邹韬奋诸君做了关于先生安葬的演说；继由田军代表了"治丧办事处"同人及《译文》《作家》《中流》《文季》四社同人做了简短的致辞。

三、唱《安息歌》。

四、由上海民众代表献"民族魂"白地黑字旗一面，覆于棺上。

五、仍由起灵时抬棺诸人，抬棺入穴。

在一片沉重广茫的哀悼的歌声缠裹里，先生的灵柩，便轻轻地垂落进穴中。

这伟大的民众的葬仪，给人留下一个永远不能忘却的印象。即使在鲁迅先生逝世六十六年的今天，当我读着这些记载葬仪的文字，看着葬仪过程的照片，仍不由得感叹民众的力量和鲁迅先生的人格魅力。

抬鲁迅棺材的人

在鲁迅先生逝世后，由治丧委员会负责，推定四人编辑有关治丧过程的材料和纪念文章，在逝世周年时厚厚的《鲁迅先生纪念集》出版。这是一本珍贵的纪念文集，也是一本史料价值很高的文献。其中，《逝世经过略记》《逝世消息摘要》由田军执笔。笔者注意到在《逝世经过略记》中两次提到起灵时的抬棺人，他们起灵柩送进灵车，跟随灵车到公墓，举行葬仪时，又是他们把灵柩抬入墓穴之中。

抬棺人是重要的人选。正如沈钧儒先生在葬礼的发言中说："鲁迅应该国葬，在苏联，高尔基去世，由斯大林扶棺……"扶棺是很庄严神圣的事。鲁迅先生去世，由谁来扶棺？这是重要的一环。当时议定由青年作家抬棺，这个决定想来是"治丧委员会"的集体决策。所以,在第三天(22日)下午举行"启灵祭"时,参加的三十余人敬礼后绕棺一周,而后由青年作家抬灵柩上车。

这些青年作家,在田军先生执笔的《逝世经过略记》中,他们的名单是:

鹿地亘、胡风、巴金、黄源、黎烈文、孟十还、靳以、张天翼、吴朗西、陈白尘、萧乾、聂绀弩、欧阳山、周文、曹白、田军等。

这个名单是权威的,共记载了十六位。然而,这个名单是否非常确切?因为,当天的报纸,如《上海华美晚报》记载:"……大批青年学生送鲁迅入葬,十四位作家亲扶棺柩。"那么,究竟有多少人参加抬棺呢?

上面说的这十多位作家,日后大都撰写过纪念鲁迅的文章,其中写到参加鲁迅先生葬仪和当时抬棺的情形,目前笔者查到的有:黄源、巴金、张天翼、靳以,还有田军等。略举几说:靳以先生于1946年9月6日作的《当鲁迅先生逝世的时候》中这样叙述:

> ……到了最后,我是派定为抬棺人之一。除开我,记得还有鹿地、周文、沙汀、巴金、河清、烈文、天翼、胡风。棺木并不大,鲁迅先生的遗体也很轻,还有那殡仪馆的专家的辅助,应该那是轻而易举的事。可是当我放到肩上,我觉得是异常沉重,我的心也异常沉重。我极其小心地迈着步子,为了使鲁迅先生不再受一点人间的颠簸,也为了使我自己不会万一失足滑倒。尤其是走着石阶的时候,我们最慢,更稳,甚至于不想使他的头向下或是向上,保持他的平躺姿势,走在前面的,慢慢地把手抬高起来。
>
> 这样,我们平稳地把他送进了柩车。
>
> 到了墓地,那具黑棺又上了我们的肩头。我们一直送到穴旁,有人等在那里,平稳放入穴中。

靳以在文章中谈到他抬棺时的心境。明确地曾两次抬棺。至于其他抬棺人，他说了八位。

巴金在《一点不能忘却的记忆》中说：

……到了墓地，举行了仪式以后，十三四个人抬起了灵柩。那个刚刚在纪念堂上读哀词的朋友，突然从人丛中跑来，把他的手掌也放在灵柩下面，这情形把我深深地感动了……在往墓穴去的途中，灵柩是愈来愈重了。那个押柩车来的西洋人跑来感动地用英语问道：我可以帮忙吗？我点了点头。他默默地把手伸到灵柩下面去。

巴金在文中描述了最后把灵柩放入墓穴时的情景，他所感动的两件事。他记录的抬棺人数：十三四个人。他是其中之一。

田军，前面已经说过，他说出了十六人的名单。诚然，在纪念文章中没有写到抬棺的事，不能说明他没有抬棺。对于同是抬棺人，现场究竟有几个人在抬，各人的位置在哪里，在当时并不重要。而且，抬棺人的注意力在"抬棺"，如靳以先生的感受，他要保持平稳，留意脚步的稳定等。正因为抬棺人当时并不注意左右前后的站位情况，所以，在回忆抬棺过程时的人员和人数就不太准确了。

然而，有一个绝对准确的名单，那就是现场照片。

历史的瞬间在这里定格

我在青少年时期，就想认识这些抬鲁迅棺材的人究竟是谁。这样说并不夸张，因为在我父亲孔另境的书橱里，珍藏着一本厚厚的精美相册，这是本鲁迅葬仪全过程的专集。历史的瞬间定格在这里。我在这本相册里看到父亲熟悉的身影，经常翻阅时，常指着照片上的人问父亲："这人是谁？这人又是谁？"看着它仿佛亲身经历了鲁迅葬仪的场面，对许多参加葬仪的文化名人也能一眼就认出。那么，抬鲁迅棺材的人究竟都是谁呢？他们神态各异，高矮不一，有的只露出半个脸，有的被前面的人挡住了大部身影。我看不清他们……父亲在葬仪中担任"干事"。他是住在同弄的宋云彬得知噩耗后一早到他寓所通知他的，半小时后他赶到了鲁迅家，向这位尊敬的老人做最后的告别。他目睹不少动人的场面，对我询问照片所记录的一切都有问必答。1946年10月在鲁迅逝世十周年的时候，他写了《回忆鲁迅先生的丧仪》，刊在《文艺春秋》第3卷第4期上。文章配用的照片即是从那本相册上来，于是，我问父亲这照片的来历，他说是电影公司的摄影师送给他的。我把照片翻过来看，果然每张上面盖有"程勤生摄"的图章。最近，我向电影史料专家征询，他有明星公司全体职员的名单，但没有找到这位人物。现在那本相册在"文革"中被抄走，因为有关鲁迅，还连同鲁迅给我父亲的书信手迹，一同被转移到上海鲁迅纪念馆收藏。

照片中抬棺下台阶的时候因在室外，拍得很清晰，又有从不同角度所拍摄下的镜头。他们神态专注地在两位殡仪馆的外国办事员的协助下，小心缓慢地挪动着脚步下台阶。点了一下人数，抬棺人共十二人，分两边站，左边六人，右边六人。

这十二人中，我认出了排在左边最前面的巴金，身材蛮高头发较少的胡风，脸盘方眼睛大的张天翼，头发梳得妥帖脸很光滑的姚克等。其余的人是谁呢？

靳以的女儿南南曾写过《两次为鲁迅先生抬棺》。我上门请教照片上哪一位是她的父亲。她指着左边第四位，那时年轻的靳以还没有戴眼镜，他身材颇高，英俊的脸庞在照片上很突出。她还拿着父亲珍藏的照片原件，背后有靳以亲笔注明的抬灵柩名单。按理说亲历者从照片识人可信度很高，可惜从照相本上揭下时，背后的毛笔字迹被粘住了，有三个名字看不清。可以看到有：姚克、欧阳山、胡风、巴金、张天翼、靳以、黎烈文、吴朗西、鹿地亘。这九人名单和他上面文章中写的九人名单不同，少了周文和沙汀；多了姚克、欧阳山、吴朗西。因为不能看到名单全貌，这缺少的三个名字颇费猜测。

我向周文的女儿周七康了解，她认出了照片中他父亲是排在右边最后第二位。周文在1936年11月15日《中流》第1卷第5期上发表《鲁迅先生是并没有死的》，他写道：

> 大家在礼堂前围着一大圈把装着他遗体的棺材抬起来，这是最后了呵！成千上万的人都争着伸出手来，拥挤着，抬向墓穴去。是的，这是最后了呵！都想慢慢地走吧，即使是多留几秒钟。

要了解当年情况，向健在的当事人咨询，最能解开其中之谜。这些抬棺人中健在的只有黄源老和巴老。他们都已九十多岁高龄。巴金先生不可能为我指认。我在2001年3月，在桐乡开会，趁休会半天，我去杭州的医院看望黄源老，向他了解情况。

黄源话说当年

黄源老虽高龄但记忆力仍很好，尤其是关于鲁迅先生的事。我带去几张鲁迅葬仪的照片，请他指认照片中抬棺材的人。他说，两个外国人是殡仪馆里的人，协助他们抬棺材，并指着照片说："我在这一排里。"他指的是左边，排在巴金、胡风后面，在靳以的前面。因为他个子小，又在两个高个子中间，所以很不明显。不是他指认，我怎么也找不到他。他还讲出另一些人的名单，对我很有帮助。

我带了录音机希望他讲讲鲁迅去世后参加治丧的亲历情况。

黄源老很快就进入状态。他说：

> 鲁迅没有去世之前，到鲁迅家里去的只有茅盾，外加

我、萧军和胡风。上海的作家都没有到他家里去过。我去得多一些，常常在鲁迅家里吃饭的。鲁迅去世以后，许广平派人通知我。她在鲁迅去世后伤心得不能管事情了，这时，我主要帮她照料对外的一切。

因鲁迅去世后，他住的地方公开了。包括巴金、靳以、曹禺都是我接待的，还有殡仪馆来的人。这工作一直到葬仪结束，很晚才回家。

又说：

从照相角度看我不是很重要的人。那天，萧军也是我带去的。许广平没有通知他。我和我的夫人车子过的时候把他带过去。鲁迅遗体从家里移到殡仪馆后，萧军跪在殡仪馆里的时候，我和我的夫人许粤华，萧军，还有胡风，四个人（守灵）。第一夜在殡仪馆里可能还有周文。周文当时是冯雪峰的通讯员。

鲁迅去世茅盾没有来，他夫人来的。孔另境我认识。茅夫人主要照顾许广平。

我从照片中早认出茅盾夫人孔德沚。那时茅盾正好回乡，在桐乡乌镇生病，无法赶来上海，由他能干的夫人出来帮着办一些丧事。后来鲁迅先生纪念委员会筹备会发布蔡元培签署的公告，我看1至3号公告是茅盾的手迹。可见公告由他起草，回沪后他很快投入治丧的工作中。

初步的名单

经过访问和查考只能列出初步的名单，从照片的现场看，抬鲁迅棺材的人分两排，依前后次序巴金和鹿地亘在最前面，他们是这样站位排列的：

萧　军　　黎烈文
吴朗西　　周　文
靳　以　　姚　克
黄　源　　张天翼
胡　风　　欧阳山
巴　金　　鹿地亘

以上是根据照片查考出第一次从万国殡仪馆起灵，抬下台阶送入灵车过程中的名单。第二次抬棺因天已经黑下来，把灵柩放入墓穴中，这个抬棺的过程，目前还没有看到照片。在巴金的文章中，都说到最后放入墓穴时，大家都意识到这是最后的送别。当抬起灵柩时，那个刚刚在纪念堂上读哀词的朋友，突然从人丛中跑来，把他的手掌也放在灵柩下面，他就是田军，即萧军。而那个押柩车来的西洋人也跑来帮忙。他默默地把手伸到灵柩下面去。正因为这样，有多少人加入他们抬棺的行列也就有些说不清楚了，田军在作《逝世经过略记》时补充了第一次抬棺的名单，他说"起灵人"有十六位，也有一定的道理吧。

迁葬时的扶棺人

鲁迅墓在1956年10月，鲁迅先生逝世二十周年时，从上海西区虹桥路的万国公墓迁到了鲁迅先生长期生活过的虹口，地址选在虹口公园。那么，在这个迁墓的过程中，扶棺人又是谁呢？二十年前的抬棺人这时还有几位参加了呢？

还是看照片。迁葬是很隆重的，一行黑色轿车缓缓开出万国公墓时，走在最前面的是灵车，车前端放置着很大的花圈，肃穆地行在万里晴空的日子里。靳以先生记述道："……我们在先生的灵柩前献上了鲜花，我们又把红绸黑字的'民族魂'长旗覆盖在棺木上，我们轻轻地把灵柩移上了灵车，平稳地在宽坦的大路上奔驰。从西到东，又折向北方，穿过上海的大半个城市，到了虹口公园的门前。门前等候着的是青年工人和学生，他们不再唱哀伤的挽歌，他们不再喊激愤的口号，在他们的脸上，流露着最庄严与敬仰的神情。

"我们又轻轻地从灵车上移下灵柩，稳妥地放在活动的车架上，秋风吹起红绸一角，广平先生就把自己心爱的圆宝石别针从衣领上取下来簪住它；当乐队奏起了肖邦的《葬礼进行曲》的时候，在肃穆的道路上，我们缓缓地扶柩前进。"（靳以：《二十年的愿望实现了》）

扶柩人中有上海市委领导，文化部部长沈雁冰，副部长周扬，以及许广平、宋庆龄等。时过二十年，以作家身份参加扶柩的，他们已经不再年轻。查对了一下，参加过两次抬棺的，似乎只有巴金和靳以。上面说的十二个抬棺人，或是十六个人中，有的已不在人间（周文早逝），有的被送到不该去的地方（胡风），有的在祖国各地工作，没有能参加，有的本来就是外国人（鹿地亘）。总之，在这特定的时刻，他们没有能够再一次聚首。

我父亲有幸到虹口公园再一次参加送葬队伍。从他拍摄的照片中可以清晰地看到宽敞洁白的墓地，毛主席书写的"鲁迅先生之墓"六个闪着金光的大字。还有许广平、茅盾等在葬仪上话筒前发言。一切都那么有序，那么凝重……

我相信在这黑压压的人群中，还有不少曾在二十年前参加过鲁迅的葬仪，他们再一次抱着一颗虔诚的心来送别所敬仰的人，这时二十年前万人合唱的挽歌仿佛在他们耳畔响起：

你安息吧，啊，导师，
我们会踏着你的路向前，

那一天就要到来；
我们站在你的墓前报告你，
我们完成了你的志愿。

载于2002年第10期

《八月的乡村》：版本与修改

金宏宇　彭树涛

1934年春季间，萧军开始写作《八月的乡村》，到当年初冬——1934年10月22日初稿完成，共十四章。1935年8月[①]，此书列为"奴隶丛书"之一，经上海奴隶社初版，由容光书局发行。其封面是鲁迅先生请人设计的，书中还收录了鲁迅先生的《序言》及作者所写的《书后》。作者说："从1935年间在上海出版以后至1947年在哈尔滨由鲁迅文化出版社重印版为止，中历十余年间又经由各家书店以各种形式版本出版过"[②]，但"改动很少，也不够仔细"[③]。其中，1936年再版时，加上了作者的《再版感言》。1954年9月人民文学出版社出重排本。这个版本有较大改动，笔者通过版本对校，发现正文修改了约六百处（连成一片的句子被删改算一处，其余以半句为单位统计即半句中无论改动几处均算一处），序跋有删有加。1980年10月，小说又由

[①] 这部小说出版的真实日期应该是1935年7月初，而非8月。当时为了对付敌人，使他们有所"错觉"，施用了一个小小"策略"而已，即所谓："明修栈道，暗度陈仓"；也就是俗话所说"先行交易，择吉开张"。见萧军《八月的乡村·重版前记》，人民文学出版社，1980年10月版，第4页。

[②] 萧军：《八月的乡村·重版前记》，载《八月的乡村》，人民文学出版社，1980年10月版，第4页。

[③] 萧军：《八月的乡村·后记》，载《八月的乡村》，人民文学出版社，1954年9月版，第170页。

人民文学出版社重印,这个重印本的正文只做了十七处修改,序跋又有修改。《八月的乡村》从初版本到重印本之间的多次修改有两次较为重要:一是从初版本到重排本的修改,二是从重排本到重印本的修改。这两次修改导致了《八月的乡村》的版(文)本变异。

《八月的乡村》能够在1954年得以重版,看起来有点像个谜,因为当时的环境似乎根本就不容萧军出版任何作品。首先让我们来了解一下有关背景。

1948年8月,东北军事战场处于大决战前的相对沉寂状态,文坛却出人意料地掀起一场大论战:《八月的乡村》的作者萧军个人主编的《文化报》与中共中央东北局宣传部领导的《生活报》之间,为8月15日《文化报》一篇社论,展开激烈论争。这场论争持续了好几个月,论争的结果为:1949年5月,先由东北文艺协会做出《东北文艺协会关于萧军及其〈文化报〉所犯错误的结论》,然后是中共中央东北局发布《关于萧军问题的决定》,给萧军做出了"用言论来诽谤人民政府,污蔑土地革命,挑拨中苏友谊"[1]的组织结论,并警告说"如果萧军坚持他的错误,那么他的荒谬言论,就将成为封建阶级和帝国主义势力在被中国人民推翻以后所必然找到的反革命的政治工具"[2],从而"完全自绝于人民的文化行列"[3]。根据中共中央东北局的决定,1949年6月开始,在全东北地区党内外,各机关、学校、单位大张旗鼓地开展了长达三个月的"对于萧军反动思想和其他类似的反动思想的批判"[4],以便"在党内驱逐小资产阶级的,资产阶级的和地主阶级

---

[1] 刘芝明等:《中共中央东北局关于萧军问题的决定》,载《萧军思想批判》,作家出版社,1958年10月版,第2页。

[2] 刘芝明等:《中共中央东北局关于萧军问题的决定》,载《萧军思想批判》,作家出版社,1958年10月版,第2页。

[3] 刘芝明等:《中共中央东北局关于萧军问题的决定》,载《萧军思想批判》,作家出版社,1958年10月版,第2页。

[4] 刘芝明等:《中共中央东北局关于萧军问题的决定》,载《萧军思想批判》,作家出版社,1958年10月版,第2页。

的思想影响；在党外帮助青年知识分子纠正同类错误观点"①。最终以时任东北局宣传部副部长刘芝明的长篇大论——《关于萧军及其〈文化报〉所犯错误的批评》作为理论上的"总结"，这次论争（批判）才暂时告一段落。

萧军是个仗义执言、粗犷豪爽、实话实说、个性鲜明的作家，他曾拒绝在东北局的"组织结论"上签名盖章②即为一例。当时，他的每部作品都受到过尖锐的批判，《八月的乡村》也未能逃脱批判者的非难。如有的批判者认为："《八月的乡村》包含着两种因素，一种是积极的，但还不是无产阶级的，只是小资产阶级的进步思想和抗日的民族思想；另一种也是消极的个人英雄主义。"③但为什么这部小说又能得以重版呢？这大致有两个原因：一是因为鲁迅曾高度评价过这部小说，说它是"几种说述关于东三省被占的事情的小说"中"很好的一部"。"严肃，紧张，作者的心血和失去的天空，土地，受难的人民，以至失去的茂草，高粱，蝈蝈，蚊子，搅成一团，鲜红地在读者眼前展开，显示着中国的一份和全部，现在和未来，死路与活路。凡有人心的读者，是看得完的，而且有所得的。"④换句说话，"这是一部很好的书"⑤，自然有出版的价值。二是因为毛泽东的缘故。事情的起因是：1953年11月，萧军将新作《第三代》和《五月的矿山》这两部书稿送到人民文学出版社要求出版，结果被原封退回（因为东北局对萧军处置一事）。萧军对此不服，于是11月底将书稿送到中南

---

① 刘芝明等：《中共中央东北局关于萧军问题的决定》，载《萧军思想批判》，作家出版社，1958年10月版，第2页。

② 王德芬：《萧军简历年表》，载《萧军纪念集》，春风文艺出版社，1990年10月版，第784页。

③ 刘芝明等：《中共中央东北局关于萧军问题的决定》，载《萧军思想批判》，作家出版社，1958年10月版，第15页。

④ 鲁迅：《且介亭杂文二集·田军作〈八月的乡村〉序》，载《鲁迅全集》（第6卷），人民文学出版社，1981年12月版，第255页。

⑤ 鲁迅：《且介亭杂文二集·田军作〈八月的乡村〉序》，载《鲁迅全集》（第6卷），人民文学出版社，1981年12月版，第255页。

海,并附上他写给周总理的信,请周总理转送给毛主席审阅,看此类作品能否出版。结果是他于1954年6月间收到中央文教委员会主任习仲勋的回信,说毛主席同意出版萧军的两部长篇小说,"萧军同志仍有条件从事文学生活",并让他持函再去人民文学出版社接洽。于是这两部小说得以出版。① 同年9月,《八月的乡村》也趁着这种好运气得以重版。但重版也不可能完完全全是初版本的重版,编辑部和出版社方面肯定会有所要求。因此,在出版与不出版的尴尬境遇中,萧军迫不得已选择了"依照人民文学出版社提出的一些意见""做适当的修改"② 这样一个两全其美的办法。大概这就是重排本做出修改的一种缘起和动因。

因此,重排本《八月的乡村》最引人注目的修改,就是对新的国家意识形态或主流话语的迎合。这类迎合性修改在重排本里体现在许多地方,首先来看最后一章(第十四章)章题的修改。这一章记述的是这样一个场面:面对敌人即将到来的进攻,我方部队在"打"与"撤"这一对敌方针上产生了重大分歧,在经过激烈的讨论后,才做出了一致的决定。作者以"就是这样,——准备明天的吧"这句话作为本章结语,同时,整部小说也在这种对前程充满向往和激情而又较为乐观的气氛中结束。重排本将这句结语移作章题,替换掉原来的章题"同志们安静点",使本章的中心更突出,也强化了整部小说的主旨。这类修改是与20世纪50年代的大欢乐气氛和新中国文学的乐观取向相吻合的。其次,改动有损正面人物形象的贬义词句也是如此。如,初版本是"他(指陈柱)轻轻地,像贫穷人家的一只猫,又走向别的方面去"。重排本删掉"像贫穷人家的一只猫"。对李节嫂这个人物描写的改动,有将"胸膛"改为"形象",将"欲望"改为"力量"等。修改后更符合20世纪五六十年代的主流叙事原则。另外,还有《国际

---

① 王科、徐塞:《萧军评传》,重庆出版社,1993年9月版,第236—237页。
② 萧军:《八月的乡村·后记》,载《八月的乡村》,人民文学出版社,1954年9月版,第1页。

歌》歌词的填补。第二章中,初版本用"×"表示的歌词部分,重排本将其具体改为《国际歌》歌词:"起来,饥寒交迫的奴隶……"

这类修改还包括"副文本"①的变动。"副文本"是相对一部文学作品整体构成中的"正文"而言的,它包括标题、副标题、扉页、引言、序跋、插图、封面等等。副文本因素为文章提供一种氛围,也为阅读文章提供一种导引,是版本和文本的重要本性。重排本《八月的乡村》"副文本"的改动表现为初版本所收的"鲁迅先生的《序言》和我(指作者萧军)自己所写的一些《前记》《后记》之类""因出版社规定的体例关系,我就把它们全部去掉了"②。重排本只收了正文和作者新写的《后记》两个部分。为什么要删去鲁迅先生的《序言》呢?有的论者认为这是编辑部提出的苛刻要求,这样做无非是不让人们把萧军与鲁迅联系在一起,以免抬高萧军的身价,有辱鲁迅这位伟人。不符合出版社的体例只不过是一个幌子而已。③这种观点不无道理。因为同为"奴隶丛书"之一的萧红的《生死场》,1959年由人民文学出版社出版时并没有删去鲁迅先生所作的《序言》。编辑部和出版社(或者说当时的权威机构)正是想通过此种方式来消解《八月的乡村》已经被赋予的某种权威价值和主流色彩,或者说要消解萧军的意识形态话语权。但有意思的是,新写的《后记》部分(或者说作者本人)却又明显地呈现了与国家意识形态和主流话语相吻合的意向。比如,《后记》中写道:"中国人民之所以有今天,之所以能够有更光辉、伟大的将来,这和中国共产党,和史无前例的、伟大的人民领袖毛泽东同志的领导绝不能分开,这也是历史的规律,也就是真理。"《后记》中还说:"《八月的乡村》今天终于在解放了的,人民的新中国国家出版社再印

---

① 法国文论家热奈特在谈跨文本关系类型时提出了"副文本"概念。见史忠义译《热奈特论文集》,百花文艺出版社,2001年1月版,第77页。

② 萧军:《八月的乡村·后记》,载《八月的乡村》,人民文学出版社,1954年9月版,第1、4页。

③ 王科、徐塞:《萧军评传》,重庆出版社,1993年9月版,第236—237页。

了,我感到了莫大的欢欣!"①萧军的这类表述,可能缘于三个方面的原因:一是萧军本来就拥护新政权;二是两部小说得以出版,萧军对周总理、毛主席以及新政权心存感激;三是受当时言说语境的影响。

重排本《八月的乡村》还有多处修改明显是作者对当时各种批判的直接回应,也许这是作者出于自我保护的考虑,姑且称之为"自我保护型修改"。如针对"挑拨中苏关系"②及"各色帝国主义理论"③的批判,作者将"俄国人"改为"过去的俄国人",将"帝国主义"改为"日本帝国主义",以避免引起批判者的臆想。针对"极端自私的个人主义"④的批判,作者在两处增加了"中国人民"四字,等等。这种改动在进行自我保护的同时,也与主流话语相吻合。

针对"很主张色情的狂热"⑤的批判,作者还对性内容进行删改。首先是删掉了多处有关"性"的描写,如唐老疙瘩和李七嫂做爱的细节。其实,在宗法农村社会里,农民的性散漫是司空见惯的,初版本在一定程度上表现了农村的性真实。但到了新中国成立之后,人们日渐谈"性"色变,"性"渐渐成为"罪恶"。因此这些性描写理应删去。这类修改也许是为了趋同新中国文学的无"性"叙事或洁化叙事倾向。除此之外,还对语言进行洁化处理。初版本为了符合人物身份,多处使用了性器官修辞。这些词语在重排本中也差不多全部被删去了。这些修改或多或少地改变了版(文)本本性,使后来的版本成为相对的洁本。同时,也会很微妙地影响文本释义。

重排本《八月的乡村》还在纯语言方面进行修改,这主要体现在两个方面。一方面是语言的锤炼加工,即通过调换音节、增删词语、修整句子等方式使语言变得更洗练更精当更和谐更流畅,也使那些缺

---

① 萧军:《八月的乡村·后记》,载《八月的乡村》,人民文学出版社,1954年9月版,第1页。
② 刘芝明等:《萧军思想批判》,作家出版社,1958年10月版,第15页。
③ 刘芝明等:《萧军思想批判》,作家出版社,1958年10月版,第15页。
④ 刘芝明等:《萧军思想批判》,作家出版社,1958年10月版,第15页。
⑤ 刘芝明等:《萧军思想批判》,作家出版社,1958年10月版,第15页。

乏表现力的词句变得更具体更生动。这是重排本在语言艺术上精益求精的追求。另一方面是为了使语言更符合现代汉语规范而进行的调整和变换。除了使那些不合语法不合逻辑的词句变得更通顺更合理之外,主要是对文言词句,古白话和近代白话词句和方言词句的修改。20世纪二三十年代,文言初废,白话刚兴。在这样一个汉语发展过渡期,作者写作难免出现语言杂糅现象。作者就坦言其创作受到过鼓儿词、影戏词、文言小说等影响。[①]加之在写《八月的乡村》之前,作者主要生活在东北一带,所以《八月的乡村》就难免将文言、古白话、近代白话和东北方言夹杂使用。到了20世纪50年代,《八月的乡村》自然有很多不合现代汉语规范的词句了,许多词句显得不顺耳不顺口了。因此,重排本《八月的乡村》自然会把这方面作为修改的重点之一。通过对语言的锤炼加工和变换调整,重排本《八月的乡村》向语言美化、通俗化、口语化、规范化方向更进一步了。它在语言风格和语言规范上,甚至在语言中隐现着的情感、趣味等都与初版本大不相同了。

相比之下,1980年人民文学出版社出版的重印本只做了很少的修改,修改的方式也较为单一(几乎都为语言层面上的修改)。正如作者所言:"除开改正几个错别字以外,其余均无所改动。"[②]关于重排本的修改,作者大致出于两方面的考虑:一是"保存史料"或曰"存真",二是改错。另外,重印本继续改动副文本。为了保存"史料"和"存真",重印本又重新收录了重排本中被删掉的鲁迅《序言》、作者《前记》和《后记》等"副文本",书前还增添了作者像(摄于1936年秋)、作者手记(1937年日记)、《重版前记》等,正文部分更是配有六张插图,这样,又极大丰富了"副文本"的内容。

萧军的代表之作《八月的乡村》印刷次数极多,但修改的次数却

---

① 萧军:《我的文学生涯简述》,载《萧军近作》,四川人民出版社,1981年6月版,第274页。

② 萧军:《八月的乡村·重版前记》,载《八月的乡村》,人民文学出版社,1980年10月版,第1页。

不多,而称得上真正大改的只有一次,即重排本对初版本的修改。其他每次修改的内容都很少,只"修改了几个错字"[①]"别字"[②]而已。而重排本的修改既有技术层面的,如对标点、误植、错别字等的修改,也有语言修辞上的改进,还有语言的洁化以及符合国家意识形态和主流话语的修改等。但语言艺术层面上的修改占了更大比例。重排本比初版本用语更准确、更规范,行文更流畅、更灵动,语言更优美。总体而言,这次修改是一种艺术上的改进,它使这枚"带些野味和生味""还嫌太愣的青杏"[③]稍微成熟了些。重印本在重排本基础上又略加修改,又恢复了初版本原有的鲁迅《序言》等"副文本"内容,在一定程度上避免了重排本的某些遗憾,但终究无法改得尽善尽美。

通过这些修改,可以看到《八月的乡村》的不同版本具有不同的版本特点。如果按照阐释的循环的观点去看,对作品的理解须注意整体与个别部分的相互依赖关系。作品的个别部分只有通过整体,反过来,整体也只有通过个别部分才能够被理解。当《八月的乡村》的个别部分被修改时,经过阐述的循环,释义应该有所改变。当循环至"副文本"、历史语境、时代文风等时,释义差异会更大。那么,这部作品的不同版本就具有了不同的文本本性,即那些经过修改的版本其实就是不同的文本。面对这类具有众多版本的作品,文学批评如果没有精确的版本所指,文学史叙述如果不注意作品的版本变迁史,严谨性和科学性就无从谈起。因此,将《八月的乡村》的修改和版本变迁,作为新文学作品的一个典型个案来讨论,也许具有一种警示意义。

载于2003年第12期

---

① 萧军:《再版感言》,载《八月的乡村》,人民文学出版社,1980年10月版,第185页。

② 萧军:《八月的乡村·重版前记》,载《八月的乡村》,人民文学出版社,1980年10月版,第1页。

③ 萧军:《再版感言》,载《八月的乡村》,人民文学出版社,1980年10月版,第185页。

关于穆木天冤案以及鲁迅与穆木天的和解

穆立立

近日在网上拜读了一些研究鲁迅的文章,发现有少数作者对穆木天冤案平反以及鲁迅与穆木天和解等事,仍一无所知。因此感到有必要说几句。特别是最近黄苗子①先生提供了有关穆木天1934年出狱的一些新情况,我也愿公开于此供从事鲁迅研究的文学工作者参考。当然,我这样做是征得黄老同意的。

一、穆木天出狱的情况

2000年12月15日北京师范大学中文系为纪念穆木天诞辰一百周年举行了"穆木天先生学术思想讨论会"。2001年年初,钟敬文、启功和黄苗子、郁风夫妇四位老人有一次聚会,钟老的大公子少华也在座。钟老说起不久前师大召开的穆木天研讨会和木天的冤案。黄苗子随即插言说:"嘿,穆木天被捕后出狱的事我知道。"接着就介绍一番,所谈情况是钟老从未听说过的。聚会之后,钟老就要少华立即打电话把黄老的住址和电话告诉了我。

3月的一天,我去黄苗子和郁风的家。我管黄苗子叫黄叔,郁风

---

① 黄苗子:原名黄祖耀。

说:"不对,按郁达夫和你父亲穆木天的关系,你应该叫我姐,那就不该叫他叔!"大家笑了。

闲聊几句后,黄老便向我介绍了他自己当时的社会关系,也就是他之所以能把穆木天解救出狱的原因,以及当时的一些情况。告辞时郁风送我出门,我再次向她表示对黄叔营救我父亲穆木天出狱的感激之情。郁风轻描淡写地说:"嘿,他利用自己的社会关系,这样的事干得多了。算不了什么。"

我把黄老的这次谈话做了记录和整理,经老人家过目并征得他的同意,现将《谈话录》摘要如下:

黄苗子先生谈话录

十九路军抗战时,我在香港念书。出于爱国热情,就在过年的时候从家里偷偷跑出来,离开香港,去往上海。我父亲是香港《大光报》的总编辑,是同盟会的人、孙中山的亲信,和吴铁城(当时的上海市市长兼淞沪警备司令)是同乡。吴铁城有什么宣传任务就到香港来找我父亲。①父亲发现我出走,就打了个电报给吴铁城。吴铁城派了公安局的一位督察长到从香港开往上海的船上找到我,要我回香港,我不肯回去,吴铁城也来劝我回香港,我还是不干。当时上海还没有正式的市政府,只有个办事处,他就安排我在办事处上班,做做伤兵统计什么的……

当时我爱画漫画,还写点关于郑板桥、八大山人的文章。所以和《良友》的梁得所(《良友》画报的总编辑)、马国亮、丁聪(我介绍他到《良友》去的)这些人很熟,还有个郑伯奇也是《良友》的,常一起饮茶。有一天(大概是

---

① 吴铁城原是孙中山的心腹,孙中山有什么宣传任务,就派吴铁城到香港找黄苗子的父亲,因此时相往来。

1934年的夏秋，反正是穿浅色单衣的时候）梁得所打电话给我，约我和几个人一起饮茶，其中也有郑伯奇。饮茶间郑伯奇问我知不知道穆木天，能不能帮忙让穆木天从公安局放出来。他说穆木天根本没有什么事，可能只是个误会。我说："穆木天我知道，新诗写得很好，试试看吧。"

当时上海公安局的秘书长是吴铁城的亲信孙璞（仲英），是柳亚子他们那个南社的诗人，当过孙中山的秘书，是我的父执，还是我祖父的学生。我当时才二十一二岁，叫他伯父。他和我谈得来，让我住在他家里，我每天就跟着他坐车到公安局去上班。

孙璞这个人很有学问，他知道我和文艺界的一些人有往来。一天晚上他说起自己爱看茅盾的《子夜》。我说："茅盾我不认识，但认识《良友》的好几个人。他们托我帮忙，说有一个写新诗的诗人穆木天被抓起来了，其实，事情好像并没有什么了不起，可能是个误会，你明天可不可以让侦缉队去问问?!"他说："好吧，看看吧!"此外没再说什么，后来他也没有和我提起此事。

大约一个礼拜以后，郑伯奇来电话问我可否晚些回家，我说可以（当时我常和张光宇、叶浅予几个人一起吃晚饭，经常回去很晚的）。他说："有人要请你吃饭，你等电话好了。"不记得是当天还是过了几天，电话来了，说："我是穆木天，我出来了。审判我的人问我认不认得黄祖耀，才知道原来是你帮了我的忙。咱们见见面吧。"我当然客气一番，他说："哎，一定要来!"

记得是在大世界旁边，从一个小胡同进去，有一个很小的天津馆子（上海的天津馆子不多），上二楼，那小楼像是差一点就要垮的样子，楼梯很窄，桌子很挤，尽是北方人。虽然过去多年了，但至今印象还很清楚。因为，我从来没去过那个地方，那也是我第一次吃饺子。那天你妈妈也去了，就我们三个人。他们就是对我表示感谢。你爸爸说，在狱中后来对他照顾得比较好，比较有礼貌了，看来是由于我打了招呼。我说，我是托过督察处的一个督察。当时去那么个小馆子，是由于不便在人多的地方。三人随便谈谈，吃完饭就匆匆散了。就见过这么一面，我和郑伯奇说过。现在郑伯奇已经死了，这事只有我知道了。

因为在1981年7月给父亲平反的结论中并没有说他出狱时有什么问题，把这份《谈话录》交归穆木天档案似乎已没有什么意义了，我就把它放在了抽屉里。后来想到今后写东西可能会用到这份谈话，而且最后把这份《谈话录》交给现代文学馆保管也不错，于是在2004年10月我就请黄老在我整理的记录稿上签个名并写几句话。黄老于10月27日在我整理的记录稿上签了名并写了以下两段话：

> 以上确实是我应立立女士的采访，我自己说过的话。不知何故，一时兴奋，把我的"老底"自己"兜"出来，其实这些内容和木天先生的那段事完全不相干的。现在看起来，(1)费那么多唇舌讲那么多废话，莫名其妙，说了也没得到稿费；(2)小时候的丑事都自我暴露了，"一言既出，驷马难追"，后悔不及了。
>
> （20世纪）50年代以后，我常去北京师大看老朋友钟敬文和启功先生，但却想不到木天先生也在那里教课，所以自从天津馆子一别，以后就没见过面了。这是第二个后悔！
>
> 苗子　2004-10-27

父亲在1950年就非常坦诚地向东北师大党组织谈了有关自己

1934年被捕和出狱的种种情况,包括他写的那个有关文艺观点的"意见",为什么却没有谈黄苗子营救的事呢?想来,就是怕扯出黄老所说的他的"老底"和"小时候的丑事"吧。好家伙,竟能走通上海市市长兼淞沪警备司令吴铁城和公安局秘书长的路子,那还了得?!黄老自己已为这些吃够了苦头,如果"文革"中的穆木天专案再扯上黄苗子,真不知会演绎出什么天方夜谭来。

我以为,这份《黄苗子谈话录》虽然在给穆木天平反时没能用上,但仍然是非常珍贵的材料,它清楚地说明了穆木天能在没有写任何错误东西的情况下出狱的原因。所以,在征得黄老的同意后,把它公开于此,供现代文学研究者参考。将来我准备把原件存到现代文学馆去。

二、关于穆木天冤案以及鲁迅与穆木天的和解

根据我所知道的一些情况以及平反过程中落实的材料,穆木天是在1934年夏(大概是7月)被捕的。被捕后他没有暴露自己是左联成员,更没有暴露自己是共产党员(出狱后由于受到国民党警特的监视,失去了与党的关系)。为了应付敌人,他以普通文化人的身份,写了一段有关自己文艺观点的东西,内容基本是正确的,但写得比较隐晦,不懂文艺理论和当时文化界斗争的国民党警务人员看不出个所以然来,自然不满意。但过了些日子,还是把穆木天放了。现在看来,穆木天之所以能够没写什么错误的东西就出狱,关键就在于黄祖耀(黄苗子)的营救。一般来说,仅凭穆木天写的那段个人的文艺观点,他们是不会放人的。因此,受到国民党中央社谣言的影响,而并没有看到穆木天写的那段文艺观点,也不知道黄祖耀营救一事的人,就可能猜想,穆木天大概是写了什么错误的东西才得以出狱的。这一点也是我当年使劲想要和父亲划清界限,又不知如何划清时曾想到过的。直到"四人帮"倒台之后,在组织上为穆木天平反的过程中,我

亲眼看到了父亲在狱中所写的登在《申报》上的那段有关文艺观点的文字后，才确信父亲没有错，穆木天是无辜的！

看来，黄祖耀营救，公安局放人，是国民党特务部门始料不及的，所以穆木天刚出狱还得以与黄在天津饺子馆见了一面。穆木天向左联党组织负责人周扬汇报自己在狱中的情况，想来也是在这几天。然而情况很快就变了——穆木天的家被国民党警特人员监视起来，《申报》登出了一则中央社编造的"消息"，其标题是：《左联三成员发表脱离宣言》，标题下是一段按语："中央社云：左联盟员穆木天，于民国二十二年（1933）任所谓国民御辱自救会秘书长，×××……×××……兹三人发表脱离左联意见如下"。然而在下面引用的"意见"（穆木天一直坦然承认这个意见是他写的）中，却根本没有提到左联，没有提到穆木天在左联的任职，更没有宣布脱离左联，其内容基本上是正确的。明眼人只要把"意见"的内容从头到尾看一遍，就可以判断，"发表脱离宣言"的"新闻"标题和"中央社云"的内容，纯属造谣。

事实确是这样，凡是真正看到穆木天所写的文艺观点和中央社谣言的人，都不认为穆木天有什么问题。"文革"后在给穆木天平反的过程中，我去找过周扬。他曾明确地对我说："你父亲穆木天在上海被捕和出狱的情况我们都知道，当时并不认为他有什么问题，还听了他关于狱中情况的汇报。"我也曾带着《申报》那则"消息"的抄件去看望丁玲，她一面看抄件，一面分析。我记得最清楚的是丁玲指着其中一段（我原来对这一段并没有看懂）对我说："你看，你父亲在提到要建立民族文学时，还特别提到'更须对民族主义的诸种文学形态相斗争'，就是要同国民党御用文人潘公展、范争波之流搞的'以民族主义为中心意识'的那套把戏相斗争。这是要以示区别，是对的呀！"既然周扬、丁玲能有这样的认识和分析，鲁迅先生对反动派的鬼蜮伎俩，也不会没有察觉，对穆木天的那段文艺观点也会有正确的理解。所以当时他并没有骂穆木天。

然而，两年后，在由冯雪峰拟稿经鲁迅修改补充的《答徐懋庸并关于抗日统一战线问题》那篇文章中却骂了穆木天，而且用的词很离谱。当然，这是和当时两方争论的气氛分不开的，和鲁迅先生的性格、健康状况也有关系。此外，是否和冯雪峰1934年不在上海，并没有看到穆木天的那段文艺观点和中央社的造谣有关呢？[①]鲁迅和冯雪峰当时绝没想到文章中的那几句话，日后会对所涉及的人带来怎样的灾难，会给自己带来什么后果。至于三十年后，会用这篇文章中的话，成立一个顶级的"四条汉子"专案组，更是他们做梦也想不到的。

"文革"期间，当时的中央办公厅一办成立了"四条汉子"专案组，其中还设了一个穆木天专案。为了证明"四条汉子""招降纳叛"的罪行，穆木天是非打成"叛徒"不可的。为此，穆木天的妻子女作家彭慧也搭上了一条性命。

"四条汉子"专案组成员，为了达到他们的卑劣目的，逼迫彭慧写材料证明穆木天那篇有关文艺观点的"意见"是周扬授意写的，还诱供说："只要你证明是周扬授意的，穆木天的罪状就可以减轻。"我的母亲彭慧不为所动，坚决拒绝写那种不符合事实的"证明材料"，于是就被隔离在北师大校园一角的一间小土房里，经常被拉出去揪斗。1968年8月的一天，彭慧在被七斗八斗之后倒在了北师大的操场上……三年后，穆木天放出牛棚不久，因病也倒在了房中的水泥地上，几天后方被发现……鲁迅先生如果得知，他的那篇文章竟被利用来做这种假借革命名义以营私利，残害人民的勾当，定会骂人的！绝对要骂人的！

《答徐懋庸并关于抗日统一战线问题》一文于1936年8月发表

[①] 本文是我在去年写的，今年3月一位朋友告诉我，他曾见到《答徐懋庸并关于抗日统一战线问题》一文的原稿，该稿全部是由冯雪峰起草的，鲁迅只是写了几个条子作为对文章的修改和补充，这些条子并没有涉及穆木天。可见我的这一想法是符合实际的。——作者2006年4月补注。

后，想来鲁迅自己也感到文章中有些用词过分了，于是很快就冷静下来，与穆木天和解了。当年9月底或10月初的一天（先生逝世前半个月左右），穆木天和郑伯奇一起去看望鲁迅先生，先生亲切地接待了他们。鹿地亘当时也在场。穆木天在鲁迅逝世三周年之际写过一首悼念鲁迅先生的诗《秋风里的悲愤》，其中具体描绘了这次与鲁迅会见的情况："……在我们最后的会见中，你拿着新出的《海上述林》，欢喜地给我们看。我记得，在那时，有伯奇，好像还有鹿地，你告诉我们说，健康恢复了。我问你，什么病？你说，是二十年的肺结核。我惊讶，你为什么不告诉人！你说，只有抵抗，说又有什么用！可是，不到半个月，你的噩耗就传来了……"穆木天在这首诗中还表达了对鲁迅先生真挚的感情："虽然我在病中，没有能参加你的葬礼，可是，我在你的坟头，很凄凉地，真不知徘徊有多少次！可是，在过去，我曾想象过你的孤独，而，现在，我却只想象着你的愤怒！如同一粒麦种死在地下，生出无数的麦棵，如同一颗炸弹，爆裂成无数的碎片，鲁迅老人！你的果实，已经普遍了全中国了！……在游击队的攻击声中，在民族革命的号角声中，在文化队伍的战斗声中，鲁迅老人！我想象，你的英灵，该是如何的兴奋哪！……鲁迅不死，鲁迅与我们同在！……等到把强盗打到鸭绿江外的日子，我们要到那荒凉的墓前，致民族革命的最高敬礼！……"

当然，鲁迅之所以会与穆木天和解，也是和穆的性格、人品分不开的。如果穆木天确是个惯于挑拨是非、喊喊喳喳的小人，先生也就不可能与他和解。按鲁迅先生的说法，从1934年9月穆木天出狱，到1935年和"四条汉子"那次狭路相逢之前，鲁迅没有听到过有关胡风的什么坏话，在那次狭路相逢之后，"也不再听人说起"有关的事。可见穆木天并没有到处散布"谗言"，进行"挑拨"。而且，周扬等和鲁迅之间的隔阂，也绝不是某一个人能"挑拨"得起来的。实际上穆木天只是在刚出狱时与黄苗子见过一面，还设法向左联领导周扬汇报过一次自己在狱中的情况。此外没有向其他人谈过狱中之事。事实上穆木天出狱后也不可能"散布"什么。因为很快穆木天的家就被国民党警特人员监视起来。为了避免给组织造成损失,他和我母亲彭慧二人就断绝了与外界的联系(直到全面抗战爆发前夕,监视解除),埋头在家里整理文稿、写作、翻译。1935年至1937年陆续出版的《法国文学史》《平凡集》《人间喜剧·总序》《欧贞尼·葛郎代》(今译作《欧也妮·葛朗台》),以及后来收入《流亡者之歌》的一些诗作和其他一些短篇译作,都是穆木天这个时期的作品。正如蒲风在《诗人印象记·穆木天》(《中国诗坛》1937年第1卷第4期)一文中所写的:"他(穆木天)为了新诗歌运动的蓬勃发展得不到当局的谅解,曾一度蒙受了黑室之灾。但是,出来后,致力于译作,并没有为了生活而涂污了心……今年,抗战声中,他活跃起来了,好多救亡歌词已出现在《救亡日报》上……"

在鲁迅和穆木天这次友好会见后半个月左右,先生就去世了。鲁迅不可能再写文章提及穆木天或与穆木天有其他交往了。鲁迅与穆木天和解之事几乎不为人们所知。只有夏衍在《懒寻旧梦录》的《自序》中提到郑伯奇和鹿地亘都曾向他说起1936年9月穆木天去看望鲁迅先生的事。上面说的那首纪念鲁迅先生逝世三周年的诗《秋风里的悲愤》后来收到穆木天的诗集《新的旅途》之中。此集是郑伯奇主编的一套"创作丛书"中的一册,1942年由重庆文座出版社出版。20世纪80年代人民文学出版社出版的《穆木天诗选》中也收有这首诗。

父亲穆木天不仅在《秋风里的悲愤》这首诗中表达了自己对鲁迅先生诚挚的感情和崇高的敬意,而且一直把鲁迅先生的作品当作把青年人引到革命一边去的渡船。在抗日战争时期父亲的许多书稿都丢失了,但鲁迅先生1939年再版的那本毛边的《呐喊》却跟着我们全家一起颠沛流离,保留至今。那时,无论父亲到哪所大学教书,在他的书桌上总能见到这本《呐喊》。它是父亲教授名著选读课的重要教材。1940年和1941年在中山大学师范学院时,父亲选讲了《风波》《故乡》《孔乙己》和《鸭的喜剧》。他非常注重分析鲁迅先生的艺术手法，同时又借题发挥，针砭时政。在这几篇文章的页面上布满了父亲写的眉批和画的圈圈点点。①由于水浸雨淋，这本《呐喊》的纸张已开始风化，封面的颜色也看不出来了，用红笔写的字迹已褪得看不清楚，用毛笔写的却依然可辨。《风波》一文是他圈点得最细的：在不断重复的"一代不如一代！"句子旁都加了圈；在七斤说"皇帝坐了龙庭了"的一行上面批了四个字"时事报告"；在议论要不要辫子那一段的上面则批了一句"酒店，农村的议会的所在"。在《鸭的喜剧》的第一页上，一再重复的"寂寞"几个字的旁边也都加了圈。想来，在那艰难的年代，在那沉寂的粤北小山村里，父亲也感到了寂寞！……这一切都表明父亲在感情上和鲁迅先生是没有芥蒂的，是相通的。想来，这与穆木天的性格、胸怀有关，也与鲁迅先生与穆木天的和解，和他们那次亲切的会见有关。

根据所知的情况和组织给穆木天平反的结论，我曾写过《关于我的父亲穆木天和鲁迅先生》（辽宁社科院文学所主编《鲁迅学刊》1983年第5期）和《穆木天冤案始末》（《新文学史料》1999年第4期）等文。2000年12月，林林同志在北师大为纪念穆木天诞辰一百周年而召开的研讨会上的书面发言中写道："木天同志多年来由于反动派的造谣，以及种种历史的原因，蒙受了很大的冤屈，忍辱负重，很不容易！现在，虽然党已经为他平反昭雪，但有些消极影响，仍然有待进一步消除。立立写了一篇《穆木天冤案始末》发表在去年《新文学史料》第4期上。作为那一段历史的过来人，我认为这篇文章是言之有据的，是很说明问题的。希望今后在出版有关文集时，能把这篇文章收进去。我们应当考虑继续做好这方面的工作。这是我今天想要表达的一个愿望。"

---

① 穆木天所写《秋风里的悲愤》一诗的手稿，1942年重庆版的诗集《新的旅途》，以及经穆木天圈点并做了眉批的1939年版《呐喊》，现藏鲁迅博物馆。

写这篇东西也算是我在这方面所做的又一件事吧！想来，这也有助于对鲁迅先生的理解。

2005年7月12日于亦庄
载于2006年第6期

与萧红有关的一张照片

袁 权

2003年第1期《鲁迅研究月刊》登载了一张萧红和她友人的照片,照片来源于日本小说家小田岳夫的回忆录《文学青年群像》(日本南北社1964年10月26日出版)。

照片的有关背景——

时间:1937年3月

地点:上海法租界霞光坊许广平寓所

人物:前排左起——鹿地亘、小田岳夫

后排左起——胡风、许广平、池田幸子、萧军、萧红

有关人物的有关信息简介如下——

鹿地亘:日本左翼青年作家,流浪到上海不久,经内山书店老板内山完造先生介绍结识鲁迅,当时和胡风共同翻译鲁迅先生的杂感和散文;鲁迅逝世后是抬棺人之一。

小田岳夫:日本小说家,是日本撰写鲁迅传的第一人。当时为创作一部以上海为背景的小说实地考察;更是为日本改造社即将出版的

《大鲁迅全集》中《两地书》翻译的问题专访许广平。

胡风：文艺理论家，由于曾经留学日本，在这次访问中担任翻译。

许广平：鲁迅夫人。

池田幸子：鹿地亘夫人。

萧军：现代文学著名作家，"鲁门弟子"，当时在上海参与搜集、编辑《鲁迅先生纪念集》。

萧红：鲁迅先生欣赏的青年作家，刚从日本回国不久。"身着中国妇女中罕见的西装。其容貌还未脱掉孩子气，显得天真。"（小田岳夫语）

萧红和鹿地夫妇有着较深的友谊；除了在上海的交往，全面抗战时期在武汉、重庆也曾住在一起。淞沪抗战打响后，鹿地夫妇处境艰难，萧红冒着极大风险保护他们，给了他们最难得的帮助。"在患难生死临头之际，萧红先生是置之度外地为朋友奔走，超乎利害之外的正义感弥漫在她的心头，在这里我们看到了她却并不软弱，而益见其坚忍不拔，是发扬中国固有道德，为朋友解难的弥足珍贵的精神。"（见许广平《忆萧红》）1938年2月20日，辗转临汾的萧红在逃亡的间隙写下了著名散文《记鹿地夫妇》；1938年5月刊登在《文艺阵地》第1卷第2期上。

拜访的当晚还有愉快的聚餐："总共十二名，一起到一家四川餐馆。"除了照片上的七人，其余五人是：陪同胡风的梅志、陪同小田岳夫的"永松"、放学归来的海婴、参加会见的黄源和许粤华。

如今，穿过七十年的时光隧道再来看这张照片，越发显得珍贵：照片上的人均已不在人世，而他们中每个人的经历，几乎都可以写成一部大书。

除此之外，它的珍贵还有另一层意义：正如回忆录作者所云，这张照片拍摄的时间是"暴风雨前夕"，不久之后，卢沟桥事变、八一三事变相继爆发，所有人等已星散，唯有许广平先生困守"孤岛"，艰辛备尝。读着这张照片，耳边隐约已听到国难当头的隆隆炮声。

载于2007年第11期

萧军日记·散步集

萧 军

延安《散步集》

一九四〇年

十二月一日

你们前一辈同志慷慨牺牲他们的血汗而获得胜利,你们可不要休息在这个胜利上面。

——纪德

一

自从到了这里,总喜欢早晨出去散散步,更是近来天气冷一点,散一次步,像是洗一次冷水浴那样愉快。因此,也就成了习惯。——北方的天气,是美丽的,明朗而季节分明。

散步的时候,本想要冷清冷清头脑,让它静一静,算是休息。人的头脑大概也有点贱脾气,它偏要动作。于是就想出一些没有系统的语句或念头来。究竟这也是一个人的劳动,回来就记下,名为——散步集。

二

近来忽然有一个念头:想要多读点"坏人""敌人"的以及众人所谓"反叛"的作品。这里面固然也存在着"知己知彼"的作用,但这不是主要的。我是要究竟知道知道这"坏""敌"以及"反叛"到什么度数。凭着别人的文章和讲话——即使我最亲近和信任的人——我也不十分相信。总要来自己考察一番。轻易让我赞美人和事,和轻易地让我侮蔑人和事,这习惯还没有养成。

从卑污中寻找美丽——发扬它。

从美丽中寻找卑污——毁灭它。

三

《切卡的工作》《从苏联归来》,这是我近来读过的两本书。前一本书我从来没读过;后一本书"八一三"战事起来以后,在上海时曾读过它,记得当时还写过一篇文章——并未发表,大约还存在上海——我是要说一说对纪德写这本书态度的看法。我觉得纪德这本书是可以写的,但是不一定急于出版。既然自己表明和苏联是朋友,不妨先把这稿寄给他们负责人看一看,告诉你所闻所见以及真实的感想。这也算尽了一点"朋友"的情谊。因为我们对于这社会以及"恶"人的攻击,是攻击他的"恶",最终也还是希望他去掉这"恶",改正这"恶"的。如果对方是"置之不理"或是"敷衍了事",那么他是在"护恶"了,再出版这书也不为迟。纪德没有这样做,依我看他不会想不到,大约是"不肯"。这"不肯"的原因,是"个人的尊严"吗?是"艺术家的良心"吗?还是"感情用事"?我想大概多少全有一点。至于有人说他存着什么"作用",我没凭证,不敢断言。一个人太"感情"太"真实"太顾虑到"个人的完整",常常要弄出与自己的原来目的相反的结果,这却是事实。小的地方撒一点谎,使自己有一点缺陷,为了大的"真实"和"自由",这是无妨的。

《真理报》上那些太不沉着的反驳,我觉得也欠斟酌。只提醒一两句就够了,那就是:

> 苏联是存着如您所说的那些缺点的——贫穷,流浪儿,官僚,甚至卖淫妇——但这耻辱要由造成这些货色者去负担的,苏联的责任是在改变他们……再退一步说:这"比"起法国,美国的质和量又如何?——而苏联是正在消灭它,他们却正在生长它……

那本《切卡的工作》是叙说一个"感情质"不宜于做这类工作的青年人,为了突然的"命令",他担当起这工作来了,而且一做就是十年。终于他忍受不了那各种矛盾和不适于自己的工作,把十年相伴做"切卡"工作的手枪,带着情感沉向了海底,从革命阵营里退败出来,他逃向了土耳其。

纪德为什么写那本书?

《切卡的工作》的作者为什么写这本书?他们的目的是同的,是不同的?光明的还是卑劣的?在中国译这两本书的人的目的在哪里?光明的?卑劣的?……这里是没有多大要紧。在苏联,即使有,也早就过去了!纪德他自己就说过:

> ……然而我始终确信:一方面苏联终要克服我所指出的重大错误,他方面——这是更重要的——一个国家单独的错误也绝不会败坏一种国际的大同的事业之真理。

我们只是要从各方知道历史和真理——无论是从哪方面来的,它的动机是怎么样。

一件事物或人，经过"自己"的思考和认识，历史无论走到哪一天，这对于一个"人"是应有的权利。

四

汉高祖一天在街上看见秦始皇的车驾，据说曾这样慨叹过：

大丈夫当如是也！

后来也真的得了天下，可是一直到有了叔孙通才真正尝到"天子"的滋味！因为同汉高祖合伙打天下的，真正"文明人"并不多，更是武将们。一到喝醉了酒，就要露本相，就是在朝廷上也要"拔剑击柱"。这使刘邦感到一点不舒服了，觉得这好像有点不成体统，又无办法，因为这全是功臣。于是儒者叔孙通的生意就来了，他就把从孔门学来的"礼"开始发卖了。就如此如此这般这般向刘邦说了一通。刘邦虽然平常看不起那些酸溜溜的"儒生"，这一回，因为无办法，也只好试一试。一试果然成功了，于是他大乐而言曰：

吾乃今日知为皇帝之贵也！

要译成白话呢，就是："哈哈！我今天哪，才尝到了做皇帝的真滋味啦！"

能使皇帝尝到做皇帝的滋味，而且大乐了，这当然要封官。叔孙通做了官，他的弟子们也跟着做了官。

这"如此如此这般这般"的诀窍，据说就是做皇帝的应该像个皇帝，不要再像做"亭长"那时候随便了。

五

一个人懂得的越多，大概信的也就越少，信得也就越坚实一些。

六

我是个不会教育人的人，因为我把人全看为平等的；我也是个不容易被教育的人，大概也是为了那个缘故。

七

一个人当你不能用嘴讲话的时候，就多用你的眼。总而言之，你要随时随地用你所能用的，获得你所要获得的。

八

一个人，一眼看来你也许自谓懂得他了。等到那个和你生活一辈子的人，你反倒什么也不懂得他了。

九

热闹的时候固然很好，孤独的时候也并不是坏事情。前者可以看人后者可以自省。

十

缺乏自省的人是没有进步的，太自省的人也是没有进步的。

十一

要把自己作为一块煤，燃烧在革命里，不要做块石头，借仗别人燃烧的力把自己光辉起来。石头一多了，火就要熄灭了。

十二

炼矿的时候，固然可以连石头一同扔进炉里去，但事先好好检查一下也重要。省得浪费火力。

十三

承认自己的过错固然很好，承认而不能改，这比不承认更可恶。

十四

尽有些口口声声说是根据历史而作的书，这也不能尽信它，因为对历史我们全应该怀疑。抹杀和歪曲的事情，从有历史那一天就存在的，历史自己是没有嘴巴的。

十五

我从俄译的载在《国际文学》上《八月的乡村》发现不独是不完全，而且有两支歌被译掉了，我不知道，这是不是学中国人的办法"节译"，还是学日本人的办法"删译"？（此书抗战开始后，日本把它也译在一个杂志上，把说他们不好的地方全删掉了——留下的当然也不见得就是好的，他们作为材料）这本书里说苏联好的地方固然没有（原来曾有过两句，原稿给鲁迅先生看时，他说不如抹去，省得引起麻烦，我就抹去了它），但我相信也绝没有一个字会对苏联不恭的。这是译者谨慎或是马虎的地方呢？还是那里也有检查官，把不合乎该国国情的地方删去了？这却不管他吧。仅此对于自己却有一个启示：就是无论自己的作品写得成器不成器，还是留着给中国人看吧！

十二月二日

一

在无声无光的人群中，一个说出真理的人是勇敢的；实现真理的人是勇敢的，追随真理的人是勇敢的，敢于正面破坏真理现实的人也是勇敢的。我敬重他。对于那样：躲在为真理而战斗的营垒里，有意污蔑阻止真理实现的人，这是人类中最可耻者。我卑视他，甚于一切的人。

二

有乐意上天堂的,我欢送他;乐意下地狱的,我也欢送他。有人问我天堂如何?地狱如何?我也按照我所知道的告诉他:在天堂里也有地狱,在地狱里也有天堂。

三

我爱真正的称得起敌人的敌人。他比什么人也一定全爱你。敌人是朋友中最可靠的人!他能够向你最软弱的地方攻打,而且是残酷的。从这攻打之中,你就更坚强了,而且他还时刻想念着你,甚于你所有的亲人。

四

知而不说的是聪明人,说而不知的是蠢人。知而又说,说而又行的是勇敢人;知而说,行而中节,这样的人懂得音乐了。

五

用名誉和金钱能征服的人,这和用杀戮刑囚征服下的人,是一样没用的。

六

一件事物不一定一加上"新"字就可用。比方"新市侩主义""新官僚主义"等等。

七

用相同的什么颜色的水洗什么颜色的布,结果:不是水的颜色增加了,就是布的颜色增加了。

八

自己不走路拉着革命尾巴让别人拖的人,是不宜于太多,太多了,革命就要走不动了!最好还是让革命拉着您的尾巴。

九

从黑暗里看见光明是更清楚,也更美丽些;在光明里是看不到光明的,甚至你还发现了很多阻害光明生长的东西。

十

当回来上山的时候,我看见一个驴子正在转磨,它的眼睛是蒙着的。

"为什么驴子蒙起眼睛才肯转磨呢?"

这个疑问是从一小时就有的。大了走遍各地方,凡是看见转磨的驴子,总是把眼睛蒙起来的——除开瞎子以外——所以这疑问,也就一直保存到现在。

十一

每天早晨下山,能够看见的是地上霜,流着冰的河水,各山间的炊烟,路上行人,渐渐升起来的太阳。河水结冰以至于太阳升起,全各有各自的历程。

十二

田地种过一个季节,就应该休息休息,人的休息也不能算浪费了。

十三

人总是爱问:为什么中国不产生像某国某国那样伟大的人物呢?凡是这样问的人,大概是自己甘心"渺小"了。

十二月六日

一、吉利话

人大概全喜欢听吉利话的。记得儿时一个故事：一家娶了一个媳妇，这媳妇是专门不会说吉利话。在平常也无办法，只好任她说去就是。偏是快"过年"了，中国人对于"过年"，全是要讨个吉利的，更是在农村。凡有事物，全要用吉利话称呼。为了防备媳妇的不吉利话，事先婆婆就叮嘱了她一番："媳妇，媳妇，快'过年'了！在'年夜'晚上，你可不要再像平常那样信口开河了，要说点吉利话，大家一年顺顺当当过日子！"

"好吧。"媳妇慷慨地答应了。

果然，从那天起，媳妇就一直沉默着。"年夜"晚上大家正在包饺子，忽然媳妇很长地叹了一口气，婆婆感到了一点不好的兆头，忙问她："媳妇，媳妇，大'年夜'晚上，你为什么叹气呀？"

"唉！今年晚上……在这里包饺子，不知道明年今天晚上……到哪里去包饺子了。"接着就又叹了一口气。

"哟！你怎么说这样话呢？明年今天晚上你不在这里包饺子，到哪里去包饺子呢？这不是我们的家吗？我们是从老祖宗就住在这里的……你又要说什么呀？……真怪！"

"哟！"媳妇虽然是谦卑地但是执拗地回答："……难道说……你的儿子咔吧（折断的声音）一下子死了，你还不让我去改嫁别人吗？"

我知道媳妇这话是真理，我也知道人是不乐意这样听的。我也是不乐意这样听的。

二、听其"自然"与"不自然"

中国人一到没办法的时候，大致总是说："听其自然吧！"

可是真正应该"听其自然"的事情，偏又要不任其"自然"了。比方过去女人的脚，现在男人的胡子，人与人之间种种的关系……

三、"为我"与"兼爱"

杨子"为我"，墨子"兼爱"，这是各有各的道理。但是一发展到极端，害处却是相同的。在"兼爱"里面"为我"，在"为我"的后面是"兼爱"，这个办法，我觉得很适宜。"强健自己"这是一切的根源。

四、我的婚姻观

资本大的人，不妨独自开店；资本小的人，也不妨把自己的资本加入别人的资本里面去，只要你看得清，认得准这买卖的前途和经理人是有希望和可靠的。——除开别的事，对于婚姻我也如此看法。

五、"靠"和"托"

女人嫁了人只想到"终身有靠"，男人结了婚只想"室家有托"，全不想更进一步创造"托"和"靠"，结果一定是"托""靠"不成的。

六

喜欢借别人的光辉美丽自己的，这人一定是世界上最丑的人。

七

有女人是只要男人开汽车，自己却要躺男人的怀里睡一觉。

八

利用手和脑劳动而得来光荣的人，这是值得尊敬的人；利用面貌和××而获得光荣的人，如果他是为"人类"，这是更值得尊敬的人。为了自己,在旧社会里只有"像姑"和妓女;在新社会里,不知道是什么?

一九四一年

一月八日

"老子天下第一主义"我是赞成的,因为他说得很坦白。而且这"第一主义"也实在应该好好提倡一下,不然尽弄些"不求有功,但求无过"的庸才,这对于那方面全是不好的。"从平庸到腐化这也是连接着的。"

新近我来延安却听到一种"老子天下第六主义"。经过打听,才知道这第一的前面还有五个第一:马克思、恩格斯、列宁、斯大林、毛泽东,接着就是他了。这第六主义看来虽然是谦卑多了,但我还是赞成那"第一",前面说过——因为他还坦白得有点可爱地方,对于信奉后者这一主义的人,现在我还说不出来对于他们有个什么确定的感觉。

一月十六日

"原则性"

昨天在鲁迅研究会成立会上周扬向我说:"你给《中国文艺》写点稿嘛!嗯?"

"我没有稿子呀!一些短稿……多半是骂人的,给《中国文艺》不适宜啦!哈哈!"我笑着,客气着,这是带点恶毒味的。

"骂人的也不要紧哪,只要是有原则性的。"

"哈哈!再看吧……哈哈……"

于是路上对于这"原则性"开始深思了。

一月十九日

"这样""那样""怎样"

一个自称"年轻的孩子"于"愤激中"写给丁玲一封信,要此后在《文艺月报》上不要再登像《我的"说起"》那样的文章,他断定那是"对于谁也没好处的"。他说:在边区"这样"民主的地方应该有什么说什么,不应该钩心斗角。这当然是"年轻孩子"的话,像我这年过三十的大人大约不会再说这话或于愤激中写信了。因此我就想起了:"这样""那样""怎样"——边区、苏联、大后方——民主的地方。

一月三十日

一、大事和小事

什么是大事呢?世界大战,或是地球碎了,这看起来是大事,但细细追究起来,也还不是为了"五个包子""一桶煤油""一间窑洞"以至于因为我们是住在地球上面的缘故吗?积小事而成大事,大事解决了,小事问题当然就会消灭的。

大问题是重要的,小问题也不能太忽略。所谓"巨细靡遗"者是。

二、"提拔"

"提拔"这一个词不知道从哪一朝哪一天凑合起来的,我是没有这种学问,也不想做这种学问来研究它。只就眼前说一说。

当官的讲提拔下级,革命讲提拔干部,文艺上讲提拔"新作家"。我就是鲁迅先生提拔的"青年作家"之一,所以我绝不反对"提拔"。不过提拔出来做什么用?为了谁?这是应该有个分较的。不然有的时候提拔者与被提拔者总不免有一点"契约"的关系，奴主的关系，大将与小兵的关系……

一九四二年

十二月七日

一、诗意

什么叫作诗意呢？就是美化了的情绪和意境。什么叫美化呢？就是去掉那不必要的，添上必要的，使在人的感情回应上，得到一种和谐的、深沉的、激昂的感觉，由这感觉导向思维，而引起一种人类崇高向上的情操和行动，不断增加这情操、行动的向上和一致。

诗意是一切艺术的灵魂；色彩，音，线……言语，动作是表现它的工具。哲学又是诗的胚胎，感情又是哲学的胚胎。诗，主要是美丽的感情的表现。忘我的非自私的感情表现。

诗是不容易说明，也不容易表现，更不容易养成。没有哲学和诗的作品，是不会传留下去的，因为它不能深入人的灵魂，结合起来，人就要抛弃它。要抓住一颗永久的诗的灵魂来表现——这样艺术家是有生命的。

生命的尖端是最敏感而脆弱，艺术家应该想法捕捉它。你只要捕捉到这一点，你就可以完全永久征服你的读者。无论历史走到哪一天。

二、金刚石

炼成一小粒金刚石要费去若干的炭，吃了很多的东西，身体上所需要的只是一点点。怕费力气的人是没有浪费力气的人值得尊敬的。聪明人是懂得什么时候和怎样费力气的。

三、全有用

世界上没有一件事物对于文艺作家是没有用的。他本身就应该是个世界。

四、利用

艺术是不怕被利用的。只要你利用得好，利用得巧，利用得像个艺术，那你就随便请它做什么全可以。

五

恋爱已经不再是人的最终理想了，革命也要成为过去，"自然"将要成为人类共同的爱人和敌人，征服它与获得它。

十二月十日

一

一个作家不要表清高，应该积极地为自己的利益而斗争。放弃政治斗争的作家要变为可怜虫，事要自己去争取，不要等待别人给予。给予的东西，总是别人不屑要的。

二

去盐店子开座谈会的路中经过森林，那里面建好了三幢小洋房，我忽然想到这不会为"作家"们预备的吧？这是中央局盖的，据猜想，这不是为了招待"贵宾"就是为了高级干部休养所……历史改变行走在前面的是作家，而在现实生活中作家却要坐最后的一张冷椅子。所以我主张，作家要自己管自己。

"文化村"到现在还没筹到钱，洋房在这里却成了奢侈品。我沉默了，脚步无力了……我想这不是不长进的念头吧？人要工作也要权利的。

三

我的文艺观点：

创作——稳，准，狠。

欣赏——健康，向上，为人类。

批评——有用，结实，美丽。

十二月十二日

一

《大众文艺》二卷二期上有萧三译的一篇《苏联文学一个重要的决定》，另有小标题：《从作家会开除阿费登克说起》——据译者意见是要给中国的作家组织以取法的。如果那"阿费登克"真的如译者和《文学报》社论所说的那样，"……他是在自己的作品里推行着反苏维埃的观点"，我觉得仅仅从"作家会"开除还是不够的，虽然不必枪毙，至少也应该把他在监牢里、反省院里关他两年，或像别的国家那样赶他出国。

阿费登克是《我爱》的作者。中文虽有译本，我却没读过。虽然那时也曾有些人很称誉过一阵此书如何如何，我始终未为所动，如今我觉得这"不动"得有道理了。试看萧三给予他的评语："阿费登克自《我爱》出世颇受欢迎以来，立即自满自傲得无以复加。他不肯继续学习，继续用功。他拿他的'无产阶级出身'当作一种身价而骄矜着。他凭自己一点写作的'技能'，写了几本所谓'创作'(《命运》《我即国家》《万贯富妇》《生活的法律》)。这些书的艺术的水准是异常低的，观点意识方面是极不正确的。在这些书里面他对恋爱及家庭关系鼓吹着最坏的资产阶级的观点和习惯，鼓吹着腐化，淫乱，对女人粗暴的生理肉体的，无礼的态度。在有些地方他认为这是苏联青年的特性，而这是对苏联青年的轻蔑。在别的地方他给敌人戴上'浪漫蒂克'的幌子。"

我是没到过苏联,阿费登克究竟"自满自傲"到是不是能够再"复加"一点,也没法知道;至于他后来出的那些"艺术水准是异常低的,观点意识方面是极不正确的"所谓"创作",因为自己不懂俄文,也没法知道它究竟"低"和"不正确"到什么度数。但仅就本文译者萧三所说那样:"鼓吹着腐化,淫乱,对女人粗暴的生理肉体的,无礼的态度。"这已经够可恶了,无论他仅仅是"一本书的成功",就是几本几十百本书的成功,甚至获到"国际××"等荣誉,那也是应该"开除"或怎样的。至于那仗着"出身"和其他等等的关系就更可恶了!——总之我觉得苏联"作家会"这样办得很公道。只要不是冤枉的话。

因此我也又聪明了一回:不独懂得了"初作一本书的成功并不足以鉴定一个作者",同时,"国际诗人"或"作家"也不可以轻易相信了!凡是介绍过来的书还要冷静冷静用自己的眼睛读过了,再相信或称赞也不晚吧。

二

接到这里在一个艺术学校做学生的朋友的信,他里面有这样一段:"鲁迅先生的纪念会,我没去,但据去的人回来说,你在那天曾报告他的生平,同时还涉及一些文化团结的问题,据他们说,'萧军的态度还是那么高傲,那么叫嚣'。"

这一段大概是不满意我的态度"还是那样……"的。下一段:"这里,对于你的评论,是所谓'毁誉参半'的,最初,我还和他们吵得红脸,但逐渐我却圆滑了,何必呢,对于一些连浮面也看不清楚的人!"

这一段大概这位朋友要给我增点"誉",结果呢却"圆滑"了,可见一个人在没圆滑之前还要吵一吵的了。

"然而,我倒是永远向往你那崇高的,带有草原气息的直爽性格!"

我直爽到某种程度，我自知道；我"崇高"到哪点，也是我自己知道，朋友这样讲，不过尽一点"友道"，我是很感念的；至于那些"非"朋友的毁誉，也只好那样吧，大概此后我还要"高傲"和"叫嚣"下去——如果可能的时候。这是说不算"犯罪"。

三

一个人总是到处"不容"，这看起来像是有一点悲惨！其实在当事的人，也没什么。因为他有一个信念：无论你从哪里撵到哪里，他终归还是要在这地球上转来转去；死也还要和别人一样死在它的上面——埋不埋是另一问题。

想一想自己：因为"不驯"就不容于"家"；因为不驯就不容于每个学校；不容于故乡"满洲国"，不容于中华民国的某些地方，现在在这里可以喘一口气了吧？可是这"不驯"与"不容"又在开始苦恼着我了。大概我的一生也要这样"不驯"与"不容"下去了。

十二月十六日

作家从理论家那里取得透过"艺术"的各种学识，理论批评家也是从作家那里取得经过"艺术"的生活形象。而后各自比较着真正的现实完成自己的创作，而后再交换。

十二月十七日

太阳出来以前，在天西边最下一层是近乎深蓝色，接着淡紫，草色，橘色，微红，淡白，淡灰，浅蓝，深蓝（天本色）。太阳出来以后，这些色就消灭了。天东是没什么颜色的。古历十七日的月亮，就淡淡地像初升似的悬在那色彩中。山谷间的烟，像半凝定的玻璃体蓝色的棉花。被轻轻撕裂着的融解的玻璃……山腰的火的形状，像尖盾，这里那里闪光着……

十二月二十一日

一

我的生命是和工作联结着,我的工作是和革命联结着。一个人必须要有:强的身体,强的头脑,强的知识和技能,能攻敌人,能防自己的武器,而后才能谈到贯彻自己的主张和思想。

二

我是一只狼,绝不是一只为了一块馒头、一根棍子就可以为谁服务的狗。

三

强健自己,这是一切起码的准备。

四

我渐渐地懂得了这人间,懂得了我自己,我自己的思想开始在萌芽了。一部文艺作品没有自己的思想感情,这是衙门的公文,恶劣的新闻记事。

五

此后,就是怎样把自己的思想和主张系统化起来。研究自己喜欢和反对的东西,这是第一步功夫。

六

由思想到理想,这中间需要实践,需要完成这实践意志的力。这世纪是个意志的世纪,实践的世纪,不单是一个思想的世纪了。

七

一个人要宽宏也要狭小,要慈爱也要狠毒,要忠厚也要刻薄……

八

不知什么时候写下了这一首诗,夹在书里面:

独 行 歌

> 行行去故园,日暮何所之。
> 桃竹皆春色,苍松挺故姿。
> 大道漫且长,郁郁行者苦。
> 万怨卷心来,茫茫何所诉。
> 忍此苦岑寂,丈夫乐其独。

十二月二十一日

我固然不怕上帝还是地狱的裁判,也不怕现在所说的"历史裁判"。这东西全是人造的,人也可毁灭了它。人是裁判它们的,并不是它们裁判人。只要我肯,我能,我需要……我就可以干什么,成功与失败那要由本身的力量来决定。成功与失败他们的价值是相等的。

十二月二十三日

主要这是一个"力"和"意志""实践"的世纪,不是一个"思想"的世纪了。实践的意志是决定一切的根源。我爱意志,我歌颂它……

载于2007年第12期

《与萧红有关的一张照片》作者来信

袁 权

编辑先生：

看过第11期杂志有些想法，问题都出在前七行。

1. 第三行"回忆录《文学青年群像》"中的"青年"为"青春"之误；

2. 第七行"上海法租界霞光坊"中"霞光坊"为"霞飞坊"之误；

3. 第二行"一张萧红和她友人的照片"后，最好能加一括号——（见封三上），以便读者能把图文对应互为参照；句中的"她"字亦可有可无。

不知为什么会出现这样的问题（特别是1、2），我的原稿不是这样的。哪怕别的都可以忽略不计，"霞光坊"也委实令人遗憾。

袁权
2007年12月21日

载于2007年第12期

萧军为鲁迅博物馆注释书信的一段往事

叶淑穗

萧老一生充满对鲁迅的无比深厚的爱，他崇敬这位伟大的人物，感激这位伟人在他人生的困境中给予指引，并对他无微不至的关爱和细心的培育。萧老曾说过："我生平就佩服两个人，一位是毛泽东，一位就是鲁迅。"这种信念支撑着他，无论在顺境或逆境时，都从容应对，是那样坚定，那样执着，从不动摇。因而人们敬重萧老，敬佩他刚直不阿、坦荡豁达的精神。

正因为如此，萧老对鲁迅的博物馆就有着特殊的感情、特别的爱。他关心鲁博的建设和发展。多年来博物馆的各种活动他都积极参加，特别是历次的修改陈列，萧老都亲临审查并提出宝贵意见，博物馆要请他协助工作，他总是有求必应。

记得是1975年初夏，博物馆拟请健在的鲁迅书信的收信人，将鲁迅当年给他的书信由他本人加以注释和说明，使博物馆能存有这方面的第一手珍贵史料。我们为此专程去拜会萧老。那时萧老住在银锭桥西海北楼，我与韩蔼丽、董静艳按约定来到那西海边上的小院，那天天气晴朗，小院里很清静，庭院中花草丛生，眼前是一幢砖木结构的两层小楼。萧老听见我们来的声音，就在楼上招呼我们上楼，我们就迎着萧老的招呼声，踏着那吱吱作响的楼板上了楼。萧老第一个看到的就是韩蔼丽，他们原来是在"文化大革命"时北京市文联学习班的

"老同学",因为是久别重逢的"战友",一见面格外亲热,我和董静艳虽然是第一次拜见萧老,见到这种热烈的场景,使我们的拘束感一下就消除了。老人对人热情、亲切,使我们俩对他也有一种一见如故的感觉。那时萧老已是一位进入古稀之年的老人,鬓发已经花白,但仍是满面红光、精力充沛、声音洪亮,使人感到确实是一位和蔼可亲的老人。他请我们围坐在一个小桌旁。我们请他讲讲有关他与鲁迅交往的往事和鲁迅给他写信的经过,并提出请他注释鲁迅给他的书信,等等。一提起鲁迅,萧老的话匣子就打开了。他讲述了当年如何"冒险"给鲁迅写第一封信的情景,并描述了当他出乎意料地收到鲁迅的回信时的心情:"只感到我们如航行在一片茫茫无际的大海上的一叶孤舟,既看不到正确的航向,也没有停泊的地方,鲁迅的这封信如灯塔射出来的一线灯光,给我们向前航行的新生力量。"这是他的原话,虽然给人感觉似乎像文学作品中的语句,但这确是他当时发自内心的真切感受。因而他对这信的珍爱胜似生命,他说:"当时我时时刻刻不离地带在身边,不知偷偷地读过它若干遍,有时几乎是眼中含着泪在读它。从那每一句话、每一个字,甚至是每一个字的一笔一画,每一个标点,每读一次会发现一种新的意义,新的激动和振奋。"萧老对鲁迅信的珍爱,真是真真切切的。萧老还谈了当年与鲁迅第一次见面的情景,谈了他与萧红一起到鲁迅家里做客的一些有趣的故事,等等。萧老绘声绘色地讲述着他的往事,仿佛使我们一下子也生活在鲁迅的身边,这种感觉使人难忘。萧老谈得非常兴奋、投入,我们也听得入神。当谈话的间隙我回头一看,使我非常惊讶。发现听讲的并非只有我们三个,在我们后面又悄悄增加了四五个人,这之中有萧老的夫人王德芬先生和萧老的几个孩子,我们赶紧起身示礼。我看见他们和我们一样也拿着笔和纸在认真听讲和记录。这个场景使我记忆犹新,使我感动。(以后几次去萧老家,也见到这种情景)那时我感到我是置身于一个温暖和谐的家庭。萧老不但在社会上受到人们的崇敬,在家庭中也为每个成员所爱戴、敬重。我深切地感到萧老的晚年是幸福的。

萧老对我们的来访,以及恳请他为博物馆做书信注释的事,是非常重视的。他在书信注释的"前言"中记录了这项工作的启动:"1975年6月间,在北京鲁迅博物馆工作的叶淑穗、韩蔼丽、董静艳等三位同志来,要我把鲁迅先生给予我和萧红的五十四封信中某些她们所不明白的事情和问题加以注释,我接受了这一任务。"萧老把鲁博请他帮助的事看成是"任务",如此对待,我想作为博物馆也会有承受不起的感觉吧!

事实上萧老在做起这项工作时,更是极为认真的,书信注释整整花了十个月,经历了酷暑,也经过了严寒。我记得萧老曾告诉过我,他是躲在帐子里写完的。全稿有六十四页,用钢笔书写在19×26.5的红行信纸上,字迹工整刚劲。题名为《鲁迅先生书简·简注》。前面是一段前言,正文中对我们提出的问题均一一加以注释和详细说明。注释的结尾有"萧军"的签名并钤印。前言中讲述了这些书信的由来及它们的"经历"。特别讲到在全面抗日战争爆发的危急时刻,这五十四封信能够完整保存下来,这之中经历的艰难和思想上的斗争。1937年8月间八一三事变爆发后,当他准备离开上海时,他唯一放不下的就是鲁迅给他的这一批书信,他在前言中写道:"这些信件尽管是鲁迅先生写给我们本人的,应该属于我们所保有,但它的意义是宽广的、深刻的、伟大的……而我们不过是中国当时千千万万信仰、尊崇、敬爱……鲁迅先生的青年之一,偶尔有幸能够得到先生在书信中直接指导以至后来当面的教导……这是我们一生引以为最大荣幸的事情。但我们却没有任何'权利'可以把先生这些信件据为'私有',更何况在那大动荡的时代中,我们究竟漂流到哪里去?生死存亡全在'不可知'的情况下。如果这些信件带在自己的身边,万一失落或损坏了,对于我们来说这将是难于宽恕的错误!将成为千古的'罪人'。"因而"和萧红研究的结果,决定由我抄一份副本(为了将来印刷出版所用),连同鲁迅先生书简原件,用了两块手帕包好""全部当面交给了许广平先生"。这是由于他相信许广平先生。他在前言中说:"由于许广平先生能够忠于鲁迅先生的革命和文学事业。""因为他为了保护鲁迅先生的一切书籍、文稿及其他遗物是不能离开上海的。"萧老说得对,在那最艰难、最困苦的年代许广平先生是不惜自己的生命,为了国家和子孙后代保护了鲁迅的这份珍贵的文化遗产。

萧老保存的鲁迅给他的书信应当是最全的,这也是许广平先生最早收到的最多的一份鲁迅书信。

在《鲁迅先生书简·简注》的后面还有三个附件,一为《萧红简历》(三页)、一为《萧军简历》(四页)、一为《关于成立鲁迅学习研究会的建议草案》(三页)。这是萧老1974年7月22日写成的。《草案》首先说明建立"鲁迅学习研究会"的目的:是为了"有机地结合起毛泽东革命思想和鲁迅的革命战斗精神,用以教育、改造、武装起中国人民的灵魂"而成立的。在组织机构部分特别写道:"先在北京由中共中央直接领导下成立一个'总会',而后按照具体情况,可先后在各地方——省、市、县……组成分会。""于'分会'推动下,可在各工厂、学校、机关、部队、团体、公社……自愿组成'鲁迅学习研究小组'。"每年可开一次全国性的"学习研究经验交流会"。在1976年1月4日萧老又补充一条"研究小组将来可以发展到国外"等等。关于这份《草案》,萧老在给鲁迅博物馆的信中介绍道:"过去我曾写下一份《关于成立鲁迅学习研究会的建议草案》,也一并奉上,它对馆方将来在开展鲁迅研究工作或运动方面,也许有参酌之用。这份《草案》于1975年,曾寄给过毛主席一份。"事实上萧老这份《草案》是适应当时全国学习鲁迅的情况而写的,它比"中国鲁迅研究学会"的成立还早七年。就在萧老的《草案》写成以后,全国确曾掀起一段学习研究鲁迅的高潮。1975年至1977年,《鲁迅全集》的注释工作,就是在全国各大学、工厂、部队展开的,收效很大。萧老这份《草案》在组织机构部分还有很详细的阐述,他老人家的意图就是希望普及宣传和学习鲁迅的精神,使全国人民受益,使子孙后代受益。

我们应当从这份《草案》中理解老人的心！

　　萧老在离开上海时，将五十四封鲁迅书信手稿交给许广平先生的同时，还交给许先生一个小箱子，里面装有萧红的一件衣服，还有萧红的手稿四种——《永久的憧憬和追求》《两个朋友》《民族魂》《私の文稿》——以及萧红的诗，还有萧红与萧军的照片册（这个照片册，萧老也为我们一一加上注解和说明）。1956年博物馆成立时，许先生就将这个小箱子及箱子内的物件一件件地交给了博物馆，现已成为博物馆的珍贵藏品。它已经是研究萧军、萧红的第一手宝贵文物。

　　我们应当感谢萧老为博物馆，为中国文化事业，为我们子孙后代，留下这一大批弥足珍贵的遗产。

载于2010年第2期

左联时期的穆木天、彭慧

穆立立

在创造社的几个发起人中,我的父亲穆木天是搞象征主义的。他以自己象征主义的诗歌以及诗歌理论为创造社增添了异彩,在诗坛赢得了声誉。然而他并没有抱着象征主义不放。因为,他之所以一度醉心于象征主义,主要是出于对"五四"以后中国新诗歌发展命运的担忧。穆木天并不像西方象征主义诗人那样是个颓废主义者,更不是在追求一个永远朦胧的世界。作为一个在中国传统思想教育下成长起来的以天下为己任的知识分子,他认为当时的胡适正在把新诗引入散文化的歧途,他要从象征主义中寻找新诗的表现形式,揭示新诗这一艺术形式自身应有的特质。然而,面对多灾多难的祖国,穆木天逐渐不能把自己的历史使命仅局限在对新诗命运的关注之中了。1926年以后,靠象征主义,他已写不出诗来了。于是他就翻译了《丰饶的城塔什干》《维里尼亚》《商船"坚决号"》《窄门》等一系列苏联早期的文学作品和一些法国文学名著,而介绍进步外国文学正是左联提出的发展我国文学事业的重要任务之一。

1929年夏天,穆木天回到东北老家吉林之后,看到日本帝国主义对故乡大好河山的掠夺,对东北人民的压榨和肆虐,于是他心中的悲痛和愤怒,使他的诗情重又迸发出来,陆续写出一系列反映家乡的现实和他心中悲愤的诗歌。他在1930年7月写的《写给东北的青年朋友们》一诗中，高喊着："到处是民众的苦痛，到处是民众的凄惨，朋友，睁大了我们的眼睛，睁大眼睛看我们的目前。……朋友，低下头看着被压迫的民众，朋友，培养革命的意志，写尽他们的悲哀……"可以看出，虽然1930年左联组建和成立时，穆木天并不在上海，但这个时候的穆木天，在思想上已经是属于左联的了。

1931年年初，穆木天来到上海，由于他当时在文坛的影响和冯乃超、郑伯奇这些老友的介绍和举荐，他满怀激情地投入了左联的工作，成为左联创作委员会成员，主要负责诗歌方面的工作。当时左联成员中有志于诗歌的人不少，他们在一起热烈地探讨诗歌理论，研究诗歌创作的大众化方向等问题，也积极付诸实践。1932年一·二八事变时，他们走上街头写标语，发传单，创作大众诗歌。穆木天和大家一起忙得不可开交，数日未能回家，于是便引出了鲁迅先生《赠蓬子》那首诗①，其中所说的"飞仙"就是麦道广，"灵童"就是我的同父异母哥哥路易，说的是麦道广雇了两辆人力车载着她和儿子到处找丈夫穆木天（"天子"）的故事。此后不久，穆木天就和麦道广分手了。

看来正是在"一·二八"上海战事的刺激下，1932年夏成立了中国诗歌会。关于中国诗歌会，许多文章都有介绍，我也看到我父亲写的几页有关材料。那是他在"文革"中所写交代材料的底稿，是1979年北京师范大学开始给穆木天落实政策时，退给我的。其中关于诗歌会，穆木天写道："1932年夏，中国诗歌会成立。由卢森堡倡议，左联批准的。由我领头。左联内参加的，有卢森堡、杨骚、白薇、艾芜（后来没来），还找来蒲风、宋寒衣（森堡约的）、林穆光（蒲风约的）、黄叶柳（蒲风约的）。"显然，这个名单是不全的，但可做其他文章所提名单的参考。

---

① 姚蓬子到鲁迅先生家求字，并说起穆木天之妻麦道广到他家寻找穆木天之事，鲁迅先生便即兴写了一首《赠蓬子》："蓦地飞仙降碧空，云车双辆挈灵童。可怜蓬子非天子，逃去逃来吸北风。"

诗歌会成立时，穆木天和任钧等一起草拟了《缘起》。1933年2月他们出版会刊《新诗歌》时，穆木天执笔写了发刊诗《我们要唱新的诗歌》，其中集中了大家讨论的意见，当然也是他自己的意见。与他的《写给东北的青年朋友们》一诗相比较，"要捉住现实"是相同的，新的发展是明确了当时新诗歌创作的大众化、通俗化问题。这首发刊诗《我们要唱新的诗歌》可说是左联当时提出的文艺创作大众化路线在诗歌创作方面的宣言。

父亲穆木天为人不善于交际，甚至有些木讷，平时说话有些结巴，但一涉及诗歌等他感兴趣的问题时，却又变得很健谈，也忘结巴了。在诗歌会的同人中，穆木天是年纪比较大、写诗的资历比较长的一个，在诗歌创作上可说是不同创作手法的过来人。他对象征主义做了科学分析，在诗歌评论和对新月派的批判中，他也总是从作者本人和作品的实际出发，进行实事求是的评价，不乱扣帽子。大家都很尊重他。

中国诗歌会成员对《新诗歌》的编辑出版工作热情很高，勇于承担任务，除积极创作投稿外，印刷费也是会员大家凑的。柳倩在前期《新诗歌》的编辑工作中分担了不少任务，他一度想回四川去处理点家务，穆木天劝他为了《新诗歌》工作的需要留下不要走，柳倩就留下来，没有走。在诗歌会的工作中，同人之间的相处是很快乐的。穆木天不修边幅，总剃一个光头，还爱开玩笑。蒲风就开玩笑称他为"和尚"。

1933年年初，由于来了一些东北义勇军代表，刘志明约穆木天一同做援助东北义勇军的工作。他们成立了国民御辱自救会，穆木天担任秘书长，还参加了一个多月的党团。但为时不久，丁玲就找到穆木天，说已调他回左联，以后仍然主要搞诗歌会的工作。

穆木天还曾担任《文学月报》编委（周扬主编时期），还一度当过左联宣传部部长。对此，在上面提到的那几页"交代材料"中他写道："1932年夏秋之间阿英担任组织部部长时，我做了十几天的宣传部部长，只是替组织部跑跑路而已。以后叶以群做组织部部长，叫我去召开一个小组会。我说，我不会做政治报告，叶以群说看看报（指《申报》）讲讲就行了。小组参加的人有郑伯奇、沈起予、李兰。我讲了几句，他们说，我们讲的比你讲的好得多，你干不了，不要干了。他们叫我'通电下野'。以后我就'下野'了。"父亲把"交代材料"写得如此随便，显然是在忽悠"革命小将"。但从中也可以看出，除了诗歌方面的工作以外，穆木天对于担任什么长是不感兴趣的。此外也可以看出，在左联内部老朋友之间，关系是很自然、随便、不打官腔的。

对于穆木天个人来说，在左联时期还有几件重要的事，那就是两次被捕、入党，以及与我的母亲彭慧结婚。

穆木天第一次被捕，是1932年3月，在法租界被巡捕房逮捕的。当时他住在美专后面的一个弄堂房里，那房子的亭子间里住的几个人出了问题，于是他就"被连累"上了。但只是在他的房间里搜到一本李亚农译的《铁流》，封面印有镰刀斧头。穆木天被捕后丁玲给他请了一位律师，叫周禹，刘芝民给穆木天以及同时被捕的几个人请了史良担任辩护律师。辩论结束后检察官宣告不起诉，几个人均宣告无罪，取保释放。那是在当年"五一"前后。被关在巡捕房的一个多月里，穆木天产生了加入中国共产党的念头。

1932年夏的一天，叶以群问穆木天是否想要入党，穆表示愿意。过了些天，丁玲就告诉穆木天，批准他入党了。之后，左联在四达里租了一个亭子间，为新党员办了一个训练班，讲课的有华汉（阳翰笙）、彭慧、耶林等。想来，我父亲穆木天和我母亲彭慧就是从此时开始进一步交往的。

我母亲彭慧于1930年结束在以孙逸仙命名的共产主义劳动大学的学习后，从莫斯科返回国内，1931年年初从武汉到上海，先后在沪东、沪西地下区党委工作，年底调到左联。在左联参加党团的工作，并成为左联的执委会常委，还是创作委员会的负责人。她还先后在大众工作部和宣传部工作过。大众工作部的工作多是和工会配合搞的，设有辅导员的职务，辅导工人的文化活动，如出刊物、办夜校。据说，左联组织还曾考虑让彭慧和一位男同志扮成假夫妻，按共产党地下工作的做法建立一个左联的地下联络站，但后来并未实现。

彭慧从小喜好文学和写作，调到左联后，她并不满足于只做一些组织工作。1932年她在《北斗》2、3期合刊上以"慧中"为笔名发表了处女作——短篇小说《米》，反映"一·二八"战事时期上海工人的反日斗争，受到普遍好评。丁玲在该期的编后记中特别指出，这篇《米》是"出之于从事工农文化教育工作而且生活在他们中间的慧中君之手，这是值得特别推荐的"。这进一步加强了彭慧在文学事业上进一步发展的信心。

此时的彭慧虽然已是有了数年地下工作经验的共产党员，但毕竟只有二十五岁，仍是个正当青春年华的未婚女子，虽不算漂亮，但清秀而雅致，因此颇为当时左联的某些单身男士所瞩目。在穆木天开始追求彭慧的时候大家并不看好，认为此事难成。当他们在1933年春终于结成连理时，大家不免有些诧异。其实，对于了解彭慧的人来说，这是完全可以理解的。由于在莫斯科时彭慧曾对王明提过意见，此后就遭到王明之辈不断打击。因此，那些夸夸其谈以整人为乐事的"布尔什维克"在彭慧眼里已没有了光环，对于某些貌似谦恭、墙头草似的小市民她深不以为然，而过分的精明或不学无术的愚钝也是她受不了的，最后就必然地选择了纯朴、较真、才气混合着傻气的穆木天。

由于共同的政治理想和文学志趣，他们的婚后生活是充实和幸福的。彭慧开始重温在莫斯科学过的俄语，而当时要想学好俄语是很困难的。穆木天是在东京帝大学的法国文学专业，他的日语和法语很好，还懂英语和俄语。父亲的学识和外语水平，还有他从日本带回来的《露和辞典》（俄日词典），想来对我母亲彭慧是很有帮助的。彭慧通过阅读俄罗斯批判现实主义作家的作品为自己日后的翻译和创作做了重要的积累；而穆木天在婚后的日子里，在写作、翻译各方面的成果也是相当可观的。

然而就在1934年夏，当我出生三个多月时，我父亲穆木天就被捕了。在穆木天被抓走的当天夜间，我母亲彭慧买通了一个奉命监视我家的警察，让他给我的大姨彭淑端送了封信，要彭淑端把穆木天被捕的消息通知郑伯奇，请郑伯奇通知左联有关成员。这样，就避免了牵连其他同志。

郑伯奇当时在良友图书公司任编辑，他就找经常给《良友》画报供稿的青年画家黄祖耀（黄苗子）帮忙营救穆木天，黄欣然应允。黄祖耀的父亲是香港《大光报》总编辑，和吴铁城（当时的上海市市长和淞沪区警备司令）曾同为孙中山的心腹，两人是至交。当时黄祖耀为支持十九路军抗日，从香港跑到上海，被吴铁城安排住在其心腹上海公安局秘书长孙璞（孙仲英）的家里。孙璞是黄祖耀祖父的学生，旧学甚好，是南社成员，晚上休息时喜欢让黄祖耀陪他聊天，帮他圈点《汉书》。于是黄就在聊天时说，自己认识一个诗人穆木天，新诗写得不错，但最近被关起来了，其实穆并没有什么事，可能是个误会，希望孙璞能向侦缉队过问一下。孙璞听罢只说了句："好吧，看看吧！"不久，穆木天就获释出狱了。

穆木天是在1934年7月被捕的。被捕后他没有暴露自己是左联成员，更没有暴露自己是共产党员（出狱后由于受到国民党警特的监视，失去了与党的联系）。为了应付敌人，穆木天以普通文化人的身份，写了一段有关自己文艺观点的东西，表达的是他本人一贯的文艺主张，也是和左联的纲领以及左联一些主要作家的观点一致的，但他用了当时进步势力在国统区经常采取的比较隐晦的手法，也就是类似"拥护蒋委员长抗战到底"这条标语所用的手法。通篇全面来看，穆木天写的这篇有关自己文艺观点的意见，是正确的。不懂文艺理论的国民党警务人员看不出个所以然来，自然不满意。但过了些日子，大概是在9月，还是把穆木天放了。穆木天之所以能出狱，关键就在于黄祖耀的营救。

看来，公安局放人，是国民党特务部门始料不及的，所以穆木天刚出狱时还得以与黄祖耀见了一面表示感谢。穆木天向左联党组织负责人周扬汇报自己在狱中的情况，想来也是在这几天。

然而情况很快就变了——穆木天的家被国民党警特人员监视起来，《申报》和《大晚报》上登出了一则中央社编造的"消息"，其标题是《左联三成员发表脱离宣言》（没说脱离什么组织），而在标题下的按语中又说：左联盟员穆木天等等发表脱离左联"意见"。然而，在"消息"中引用的"意见"中根本没有提到左联，更没有说要脱离左联。明眼人一看就知道这是被人们称作"造谣社"的中央社在造谣。因此，凡是当时在上海见到中央社这一"消息"的朋友都不认为穆木天有什么问题。然而，只是听到这一谣言的人有的就对穆木天产生了疑惑。特别是新中国成立后出版的《鲁迅全集》的注释中竟然也不加分析地说："《大晚报》刊出了'穆木天等脱离左联'的报道"，并且全文照搬地引用了中央社的"消息"，这就更加混淆视听了。于是1956年以后我的父亲穆木天不仅背上了"右派"的罪名，还背上了国民党中央社编造的、《全集》又加以散布的罪名。父亲从来没有在我面前说明什么，也没有为自己辩解过什么，只是让我"相信党，听党的话，好好工作"。当时我弄不清父亲究竟犯了什么错误，虽然很想听组织的话，和他划清界限，却又总是划不清。直到"文革"后，配合组织的审查，我自己也从各方面做了一些调查，才了解到事实的真相。到1989年，父亲穆木天的"右派"冤案得到昭雪。到2005年，新版《鲁迅全集》中有关穆木天的注释也做了一点修改——在中央社"消息"引用的"意见"后加上了一句话："文中并无'脱离左联'字样。"[①] 总算是让穆木天从"脱离左联"的冤案中得以解脱！

1934年秋天开始，我家就处在国民党警特监视之下，因此我的父

---

① 鲁迅：《鲁迅全集》（第6卷），人民文学出版社，2005年11月版，第563页。

母亲穆木天和彭慧断绝了与外界的联系。但他们仍然本着自己一贯的，也是左联一贯的正确主张，在家中整理、翻译文稿。穆木天的诗集《流亡者之歌》、杂文集《平凡集》，他编撰的《法国文学史》，他翻译的我国第一部巴尔扎克的长篇小说《欧贞尼·葛郎代》等都是在这个时期陆续完成的。由于孩子小，彭慧的精力难免有些分散，但她还是陆续翻译了柴霍甫的《忧愁》、涅克拉索夫的《一时间的骑士》、屠格涅夫的《海上的火灾》等俄罗斯批判现实主义作家的作品，成为我国最早直接从俄文翻译俄苏文学的译者之一。

大概在1936年，上海警察局解除了对我父亲穆木天的监视，我家就搬到了法租界，开始了与外界的联系。此时左联已经解散，我的父亲穆木天就开始和原左联诗歌会成员以及文艺界的一些朋友一起筹建成立了中国诗人协会。穆木天起草了协会的成立宣言，成为协会的理事。母亲还开始了一些有关妇女救亡的工作。后来我的父母穆木天、彭慧的精力主要投入中国文艺界抗敌协会的左翼文化活动中去了。此后，直至新中国成立，他们一直坚守在左翼文化战线和教育岗位上，像左联其他许多成员一样，为宣传抗日、揭露国民党的反动、鼓舞青年投身革命、迎接新中国成立，贡献了自己的一分力量。

2010年6月22日于北京亦庄

载于2010年第7期

"身先死——不甘,不甘"

——纪念萧红百年诞辰

王观泉

> 半个多世纪以来,目睹前辈和友辈,英才硕学,呕尽心肝。志士仁人,成仁取义。英雄豪杰,转战沙场。高明之家,人鬼均嫉。往往或二十几岁便死,如柔石、白莽。或三十来岁便死,如萧红、东平。命稍长者亦不过四五十岁,如瞿秋白、鲁迅……
>
> ——聂绀弩(《散宜生诗·自序》)

一

在改革开放的势头从经济领域向意识形态伸延的大气候下,沉没于文坛的,开我国抗日战争文学先声之东北文学,终于浮出水面。为落实研究,1978年初,黑龙江省社科院文学所和辽宁省社科院文学所议定合作(分期)出版《东北现代文学史料》(茅盾热情题写了刊名。黑龙江省社科院文学所出版了四辑,合约三十五万字)。由于中国鲁迅学会提出于1981年隆重召开鲁迅诞辰一百周年国际学术讨论会,而东北文学的发展曾得到左联和它的盟主鲁迅无微不至的关怀,因此两省还决定分别出版《鲁迅学刊》(黑龙江省出版了前四期,约合二十五万字。以上二刊皆为内部发行,由王世家主编)。这两个刊物向全国业内发行,很快流传到港台和海外。1979年起,黑龙江省成为东北三省乃至全国的东北作家研究聚集地。随着研究工作深入,中国港台地区,日本、东南亚并远及美国和欧洲的东北文学研究专家学者纷纷与黑龙江省取得联系,在双向交流中,相互提供资料,提高了研究质量,积累了原著版本,丰富了研究课题。在萧红著作和研究资料方面,可谓收入宏富。此举一例,1978年,萧军把深藏于"蜗蜗居"的硕果仅存的一册珍贵著作,即二萧首次合作自费出版于1933年的短篇小说集《跋涉》,慷慨借与黑龙江省社科院文学所。不意陷于出版僵局,后经当局批准,以研究所单位的名义内部发行了4000册(内有数百册毛边书)。据姜德明等版本学者估计,《跋涉》一书存世量不会超过四册。萧军藏本也是他1946年抗战胜利从延安再次回到哈尔滨后在旧书摊上获得的。这里指的是《跋涉》版本,至于其中萧红的小说,曾经被收入萧红别的单行本。由是之故,当《跋涉》征订通知发出,而书尚在黑河印刷厂中制作时,订单纷纷寄来,原印4000册书,竟然在不足三个月内售罄。恰在此时,日本咿哑书局"捷足先登",将《跋涉》原书克隆出版,得了第一桶金。接着香港出版了排印本,不久,广东花城出版社出了可算作中国第一版的《跋涉》(当时香港尚未回归)。也许由于《跋涉》的轰动效应,黑龙江人民出版社开始出版萧红的著作。黑龙江省社科院文学所则向该社提供了《呼兰河传》的版本,帮助出版了《萧红短篇小说集》和《萧红散文集》。尤其重要的是提供了萧红生前已经写毕,并在《时代文学》上发表而未来得及出单行本的《马伯乐》第二部,并将此第二部分与第一部分合璧,编成了足本《马伯乐》(作者自注:"第九章完,全书未完",用的是萧红亲自设计的第一版封面)。此书因作者早逝而成为绝唱,出版后被版本学家视为中国新文学运动以来的"新善本书"。

在萧红著作出版和热销的同时,黑龙江省社科院文学所还为省出版社提供了《怀念萧红》(茅盾题书名,1981年2月)一书。这是第一部以同时代人回忆为主的萧红纪念文集(先后两版印了四万册)。1981年6月,经省委宣传部报请中宣部同意,在哈尔滨召开了纪念萧红诞辰七十周年国际学术研讨会,萧军、舒群、骆宾基、塞克等当年萧红的伙伴密友都来了,与二萧有"勾肩搭背"之交的黄源也来了,可惜因迟到而失之交臂。罗烽和白朗以及被萧红视为师辈的聂绀弩老人则病困在家中,只得口传致意。这是20世纪末哈尔滨的迎亲会。关里关外老人数十年不见,相互拥抱泪湿襟。研讨会从哈尔滨开到萧红故乡,会里会外,中外学者提供了内容广泛的论文。后来又陆续收到不少鸿篇佳作,其中有影响的如美国的H. Goldblatt(葛浩文)在柳无忌教授指导下的博士论文《萧红评传》(黑龙江人民出版社出版了郑继宗译的中文本);日本平石淑子的《萧红作品研究》(以上二位均参加此次盛会);香港作家陈宝珍的《萧红小说研究》和台湾谢霜天的《梦回呼兰河》(以上二书曾在《东北现代文学史料》发表过部分章节);香港著名中国现代文学研究专家卢玮銮(小思)女士提供的萧红在香港的资料;台湾资深学者、出版家周锦(1928—1992)寄来的全面考察呼兰县史料和社会环境的史论著作《论〈呼兰河传〉》;黑龙江省萧红研究学者陈隄的《萧红传》和铁峰的《萧红传略》(以上二传曾在《文艺百家》创刊号上发表过片段);萧军的女儿萧耘和上海青年学者丁言昭编出的较翔实的萧红生平年表和著作系年目录。丁言昭还首次做出了二萧在上海的居住和创作生活的详情考证,不久,她在台湾出版了《爱的跋涉——萧红传》。

在互动的学术交流和资料互补中,黑龙江省社科院文学所还获悉并得到萧红著作在国外的出版情况,收到葛浩文注释和导读的在台湾出版的《萧红的〈商市街〉》一书,和他的英译本《呼兰河传》。德国的中国现代文学研究者Ruth Keen(金如诗)女士德文版的《萧红和她的〈呼兰河传〉》(金如诗女士曾经要求"解困"上百条释义,其认真的学风,令人感动)。学术互动使哈尔滨成为全球知名的中国东北文学的研究重镇。在呼兰县有关部门的努力下,"萧红故居"被保存下来,这在20世纪80年代是少有的。距今七十年前的"牵牛坊"、口琴社等进步文学社团,已经写入史册,遗迹虽不存,影响却无穷,鼓舞着后来人的心气。当人们探索着舒群、金剑啸、罗烽、白朗、金人、塞克、骆宾基、端木蕻良、萧军、萧红们的艰辛之路,大踏步往前走时,是不会忘却曾经辉煌、今已淡去的历史的。

二

中国现代文学发轫于1919年五四运动。由于特殊的地缘关系,哈尔滨早在20世纪第一个十年至十月革命前后,就已经成为传播俄国无产阶级革命的毗邻热土。当中国尚处在大清王朝封建统治下的1907年,此地就发生了"五一"国际劳动节庆典及罢工运动。仅据瞿秋白在《饿乡纪程——新俄国游记》中的相关章节可知,他于1920年10月20日抵达哈尔滨,不足一个月,11月7日,就参加了俄国布尔什维克召开的十月革命欢庆节,看见了墙上挂的马克思、列宁和托洛茨基(时任军事委员会主席)的大照片,听到了《国际歌》……这一切都被瞿秋白的象征性语言表达出来:"在哈尔滨得——共产主义——空气。"(见《瞿秋白文集·文学编》第一卷第60—68页)。在领先于全国,受到十月革命影响的黑龙江省,尤其是处在被称为"红色丝绸之路"中心的哈尔滨,不少青年文学爱好者通晓俄文,读过俄国文学和十月革命初期的红色革命文学,以及《新青年》等进步书刊,甚至接触过革命党人。如1934年仅二十二岁的舒群已经是比较成熟的第三国际驻哈尔滨的中共地下党员。当年的老大哥罗烽已经是呼(兰)满(北安)铁路中共特别支部书记。当他与聚居在"牵牛坊"的作家相熟时,年仅二十五岁。罗烽的伴侣白朗比萧红还小一岁,但已是夫君罗烽的得力帮手,"有资格地"介入了地下党工作。曾经在上海左联影响下回到哈尔滨从事地下工作的金剑啸1936年被日寇枪杀于齐齐哈尔时，年仅二十六岁。翻译家金人与金剑啸同年，生于1910年，只比萧红大一岁。他们全都是中国作家中早熟的共产党人，在中国左翼文学中是一支红色队伍。

"九一八""一·二八"事变后，日寇南北夹击，武装吞并中国的战争格局已经形成。受过苏俄文学、十月革命影响的东北作家愤怒反抗，却因敌不过强势镇压，不得不分化成两个文学群体——以立足东北地理位置，称之为关内坚守者群和向关外流亡者群。关内群在金剑啸等坚持抗日的作家的支持下曾经有过悲壮的阶段，及至1936年金剑啸被日寇枪杀，缇骑遍野的统治，致使一部分人遁出文坛，一部分人迫于生活困境而改行，当然不免也有作家落水的。这个群体在1946年黑龙江省解放后，由于受到非正常的政治定位，基本上淡出文坛，待到"文革"后落实政策，其中的大多数已经丧失创作能力。

20世纪20年代末至30年代初，上海成为全国的文学中心。受以鲁迅为代表的左翼文化的鼓舞，舒群、罗烽、白朗、萧军、萧红以及骆宾基、端木蕻良等相继流亡到上海，集聚在鲁迅及冯雪峰、聂绀弩、胡风、郑伯奇、黄源、叶紫，出版人孟十还、吴朗西等周围，成了左翼文学队伍的中坚，创作了第一批表现东北人民抗日及日本侵略者统治下水深火热的大众生死存亡的作品，如萧军的《八月的乡村》、萧红的《生死场》、舒群的《没有祖国的孩子》。东北文学在上海，从思想内容到资助出版，均得到了鲁迅先生的哺育，成长为中国抗战的先锋文学。值得一提的是，这支流亡队伍还得到了非左联成员巴金的支持，尤其对于萧红。她的《商市街》《桥》和《牛车上》三部作品被巴金收入其主编的《文学丛刊》，后由文化生活出版社出版，使萧红真的红了起来。

然而，在全国及海外的广泛关注下，甚至在受到融入西班牙内战而掀起的国际反法西斯文学（二战文学的起步篇）的关注的同时，东北作家群却意想不到地受到来自左联内部的宗派主义打击。

三

1934年二萧来到上海，得到鲁迅无微不至的关怀。萧红向鲁迅上交了在青岛完成的《生死场》。萧军以最快速度杀青《八月的乡村》。在无法公开出版的困境中，鲁迅筹划成立了"奴隶社"，出版了《生死场》《八月的乡村》（署名田军）和叶紫的《丰收》（以上皆鲁迅作序，《生死场》还有胡风《读后记》）。甫一出版，当时在左联内部宗派集团中的狄克（后来"四人帮"中的张春桥），就在《大晚报》副刊《火炬》（1936年3月15日）上发表《我们要执行自我批评》一文，抨击《八月的乡村》"人民革命军队进攻了一个乡村以后的情况就不够真实"，"田军不该早早地从东北回来……还需要长时间的学习"。（详见《鲁迅全集·且介亭杂文末编·三月的租界》）此时如没有鲁迅保护着东北流亡者的生活及其作品，他们很可能会被权势者逼回东北去"长时间的学习"。正由于鲁迅的抵挡，才使柔弱如萧红，竟能在1934年末到1936年初，跨三个年头却短不足二年之内，写作并出版了《生死场》，被巴金收入《文学丛刊》的作品，还有不少日后组集出版的小说散文。然而不幸的历史遭遇，使萧红和东北作家群即将被纷纷射落。

在狄克要把萧军赶回东北去的阴霾日子里，左联相继发生"两个口号"之争和解散左联的重大事件。这正是左联内部宗派主义者所盼望的。鲁迅可以力争"民族革命战争的大众文学"口号的生存权，而解散左联，则是来自共产国际和上海文委的决定，不可改变。鲁迅只得从道义上争取公开发表声明，光荣解散左联，免得在复杂的文坛造成左联溃散的负面印象。东北作家群全部站在鲁迅一边。1936年10月19日鲁迅先生逝世，东北作家群失去了遮阴大树！

当抗日战争全面爆发，上海不再成为文学中心，中国文坛形成了三个地缘政治区域，即以延安为代表的抗日根据地（1946年后的解放区），以重庆为代表的国统区，和以南京汪精卫伪政府为政治象征的沦陷区。20世纪30年代上海左翼文化中宗派主义的主力去了延安，与此同时，东北作家群体中的舒群、萧军、罗烽、白朗等也先后到了延安，但明显处于颓势。被教条主义宗派主义惹火了的罗烽，在一篇谈文学批评的短文中提出"批评家是坐在银镜绣帘的书斋里窥照现实……将立足于现实生活的土地的作家放逐出境"，又指出"至于公允一点的吧也不过是想把所有的作家全纳入他的政治面具的模子里"。这些话出现在延安《解放日报》（1941年8月19日）上时，似乎不必明说，就会被上海时期那个宗派集团以为是在为《八月的乡村》鸣冤。

1940年，萧军第二次来到延安。在1942年延安文艺座谈会之前，他曾经得到毛泽东的重视和信任，受信多封，并被单独接见多次。1946年萧军到哈尔滨后，很快陷入他主编的《文化报》与有中共中央东北局文化领导背景的《生活报》的"两报事件"，最后被定性为"反苏反共反人民"的三反分子。

《文化报》事件已经意味着萧军淡出文坛。1949年年初，他被分配到抚顺煤矿"任职"资料室主任，写了《五月的矿山》，不意竟成为新中国成立后第一部被严厉打击的长篇小说。从此，他真的由文坛退出。他去学推拿、针灸之类的"祖国医学"，还像沈从文一样去弄考古，沉入故纸堆中写《吴越春秋史话》。而萧红已于1942年年初不幸早逝，满打满算活了三十二个年头。因此从1942年起，人们对萧红的认识，只能寄托在对她的作品的认同感了。那么，在萧红去世将近七十年后的今天，重新阅读萧红、认识萧红时，那种从世俗意义上似乎是"盖棺论定"的论定还可靠吗？

20世纪30年代末、40年代初，萧红从重庆到了香港，已经病得很重，却又遭到意想不到的打击。香港文艺界中的极左派把初来乍到正在写《呼兰河传》的萧红的作品，批判为"新风花雪月"，游离于抗日烽火时代的"怀乡病"等等不一而足。笔者在20世纪70年代末研究萧红时曾经指出:"萧红的创作直到现在还受到不公平的评论,说她的作品低沉哪,脱离时代呀,写身边琐事呀,甚至指责她那支笔与抗日战争的'时代精神'不符而走下坡路哇,等等,这是十足的偏见……萧红的小说确实是时代的呼声。自然,有人用的是高音喇叭,而有人用的是芦管……"(《萧红短篇小说集·编后记》,王观泉编,黑龙江人民出版社1981年6月第一版)而《呼兰河传》应当被视为中国农村的百科全书,是东北农村受尽封建统治之害,好不容易吹进了反封建的"民国"之风,又落入伪满封建统治岁月的力作。《呼兰河传》与鲁迅的《祝福》、巴金的《家》,都是摧毁顽固维持了三千年的封建制度的辉煌巨著,是永远有助于农业经济为主的中华民族走向工业大国的一服清醒剂。

四

新中国成立,东北作家群失去了生存发展的空间,思想改造运动从批判武训、胡适和唯心主义蔓延到发难全体知识分子。舒群、罗烽、白朗,更不必提"三反分子"萧军,还有这个群体曾经的师辈冯雪峰、聂绀弩,以及黄源等,统统成为"右派分子"。延安时的丁玲当闻讯萧红去世,曾有过刻骨铭心的记叙:"萧红去世了,由于这个世界上有戮尸的遗法,从此,你的话语和文学将更被歪曲,被侮辱……"(《从风雨中忆萧红》,载《怀念萧红》)真佩服丁玲的洞察力。她也当上了"右派"。

1953年,中国中古文学史专业教授王瑶,受命编著新中国成立后的第一部作为教材用的《中国新文学史稿》(上海文艺出版社1953年7月第一版),论述中对东北作家群体做了历史的承认和分析。从此之后东北作家群体就渐渐淡出文学史,因受制于文学要写火热斗争,写轰轰烈烈,写红红火火的文学观念,萧红的著作在不断来临的极左运动中受到冷遇,自不待言。本文曾叙述过,到了1978年,《跋涉》的出版还如1934年伪满时期以私印本的尴尬方式由文学所（或更高一级的机关）承担政治责任，就难怪萧红研究者中有的竟然连她的散文集《商市街》都未曾见过。直到笔者将整本《商市街》编入《萧红散文集》，才在1936年版绝版四十五年后得以重生。《商市街》不只是萧红闯荡文坛与萧军共同生活在道里商市街9号的记忆，还是最早的一部描写哈尔滨市井生活和人文景观的难得的好作品，篇幅短的只六七万字，却与英年早逝的作者本人同样丰富多彩，远远超过数学意义上的篇幅或字数。

说起萧红的著作出版，她是很幸运的，也是很不幸的。说幸运，是因为她生前出版了十一部小说集、散文集。如从"完整性"的角度看，仅只《马伯乐》写足了，而只出版了半部，就如同鲁迅二十部杂文集除《且介亭杂文》二编和末编外，全部都在生前出版了。不同的是，鲁迅的作品常印不衰，全集都出了好几种，而萧红的著作却在身后遭受了非比寻常的冷遇。据统计，新中国成立之后，截至1966年"文革"运动，她的作品仅出版了：一、《生死场》（1953年上海新文艺出版社第一版，后加印一次，1958年被纳入人民文学出版社《萧红选集》）；二、《呼兰河传》（1953年、1955年由上海文艺出版社先后出版两次，1958年被纳入《萧红选集》）。全部十一部著作仅只出过这二种。至于她的一百多篇中短篇小说和散文竟然没有一家出版社或爱萧者为之结集出版。在1958年人民文学出版社出版的《萧红选集》中仅仅纳入一个中篇和五个短篇，真是冷落凄凉至极。这是一个逝去的世纪里政治偏见产生的恶果。因此，当"文革"结束，万物复苏的20世纪70年代末，萧红悲壮的一生引起了人们的怜悯，她那璀璨的作品在她眷恋一生的故乡公开出版，并基本出齐，差可告慰于萧红和东北作家群之灵前矣。

载于2011年第4期

萧红哑剧《民族魂鲁迅》及其鲁迅情结

林幸谦　郭淑梅

1940年8月3日，是鲁迅先生诞辰六十周年纪念日。①这天下午3时，香港文化界各协会，如文协香港分会、中华全国漫画作家协会香港分会、中华全国木刻协会香港分会等多家团体在香港加路连山的孔圣堂共同举办了大规模的纪念活动。纪念仪式中，作为鲁迅先生的弟子、对其日常生活最为熟悉的萧红担当向公众介绍先生生平事迹的任务。据郁风回忆，纪念会当天大雨如注，还是有三百多名香港市民撑着伞，穿着雨衣，从四面八方拥向孔圣堂。

当天晚上，八百多名观众参加了在孔圣堂举办的晚会，观看了专为纪念活动准备的萧红编剧的哑剧《民族魂鲁迅》、田汉编剧的《阿Q正传》、鲁迅的原作《过客》等戏剧表演。这可谓香港历史上纪念鲁迅先生最为热烈、最具创新意念的活动。对于萧红来说也是意味深长，下午她做了关于鲁迅先生的生平报告，晚上，观看由自己编剧的《民族魂鲁迅》和其他戏剧。据当时参加演出的丁聪回忆，演出结束

---

①　曹革成：《跋涉生死场的女人——萧红》，华艺出版社，2002年1月版。曹革成在书中对于鲁迅诞辰日是农历八月三日，香港定于公历8月3日举办纪念活动的原因进行了探讨。他引证资料《文艺阵地》第4卷第11期发表的题为《关于鲁迅先生诞生六十周（年）纪念》的报道，披露了"最近据上海来信，上海文艺界同人已商请鲁迅夫人同意，定今年国历八月三日纪念典礼，并发动全国各地，普遍举行"的消息。

后，他和萧红在后台握手寒暄。《民族魂鲁迅》一剧舞台上下的演员和演绎的鲁迅形象，观众与编剧者，均以看与被看，演绎与被演绎的不同诠释方式共同纪念鲁迅的诞辰。该剧在充满象征性的哑剧符号动作中，展现萧红内心对于鲁迅的心理譬喻，十分值得探讨。[1]此次香港纪念鲁迅活动两个月后，萧红又参加了10月19日纪念鲁迅逝世四周年活动，而后专心于小说创作。《民族魂鲁迅》成为她纪念鲁迅全部作品的收笔之作。

一、萧红/鲁迅：戏中戏与"周遭世界的鬼祟跳嚣"

萧红对创作话语权极其敏感和珍视，对文学近乎宗教的信仰，使她每一次创作都试图给人一个惊喜。居港期间的四幕哑剧《民族魂鲁迅》是萧红应"文协香港分会"戏剧组邀请，于短时间内推出的一部戏剧。时间的紧迫性并没有限制住她的创作灵感，《民族魂鲁迅》称得上萧红创作生涯中又一标新立异之作，印证了她艺术实践的独立态度，即不仅写小说，就是制作戏剧，也表现了独特的话语权，丝毫没有从众心理。从她写在该剧发表时的提示——"剧情为演出方便，如有更改，须征求原作者同意"[2]一语来看，萧红对这部剧本的创意相当重视。

哑剧（Pantomime）与话剧一样，是引进的外来剧种，指不用对话或歌唱而只以动作和表情表现剧情，并配以适当的布景和剧情介绍的戏剧。根据剧情要求，有的哑剧也勾白色的滑稽脸谱，以追求戏剧效果。Pantomime在英语中，作为动词也意指打手势，可见译成哑剧也是有理由的。哑剧可追溯到古代希腊、罗马的剧场演出，其中一个称为Pantomi-musr的戴着面具的角色则用舞蹈以及形体动作介绍演绎的剧目。通俗地讲，哑剧实际是利用人物动作、表情、布景等表现手

---

[1] 丁言昭：《爱路跋涉：萧红传》，业强出版社，1991年7月版，第234页。
[2] 《附录》载《大公报》1940年10月31日第8版《文艺》副刊。

段推动剧情发展，同时最大限度地调动观众想象、联想的视觉艺术审美过程。尽管起源于古代希腊、罗马，由于象征元素是哑剧的主体构架语汇，因而从艺术形式上较接近20世纪兴起的西方现代派艺术理念。

在萧红写作《民族魂鲁迅》时，哑剧尚未在中国流行。其所兼具轻松幽默和庄严肃穆两种对立元素，以及丑角式的夸张表演，对于大多数中国人来说可能是较难推广的一种戏剧形式。用哑剧描写当代人物意味着挑战传统。假使能够获得读者观众认可，对于萧红来说，也是险中取胜。她选择哑剧戏剧形式表现鲁迅，显然有其深意。

由于创作时间较为短促，哑剧可以省略话剧的繁杂对话，而把精力集中在动作与象征的设想与创作上，萧红选择哑剧显示有此客观的背景与机心。公演后两个月里，剧本于1940年10月21日至31日在香港《大公报》正式发表。连载到最后一期，即10月31日时，萧红在篇尾加了附录，用以说明创作意图和演出的具体操作，包括布景所用材料，等等。她说：

> 鲁迅先生一生所涉甚广，想用一个戏剧的形式来描写是很困难的一件事，尤其是不能讲话的哑剧。所以这里我取的处理的态度，是用鲁迅先生的冷静、沉定，来和他周遭世界的鬼祟跳嚣做个对比。[①]

这个创作声明印证了萧红对鲁迅一生的透彻理解[②]，可谓切中人物的精神实质和命运。萧红所言意味着，用戏剧尤其是正剧——话剧

[①]《附录》载《大公报》1940年10月31日第8版《文艺》副刊。
[②] 据端木蕻良夫人钟耀群在《端木与萧红》（中国文联出版公司，1998年1月版，第71页）中披露，《民族魂鲁迅》的《附录》是端木蕻良的手笔。这种说法有一定可能性，但依萧红的个性，若不是她的观点，断然不会采纳的。此处以发表为据，仍以萧红手笔论。

表现鲁迅，确实无法囊括鲁迅一生，更不用说用哑剧了。鉴于此，哑剧无须考虑庞大规模、人物对话、矛盾冲突设置等重要戏剧环节，而专注于众人皆知的鲁迅事迹，集中展示鲁迅精神。恰恰是哑剧的局限性，给萧红提供了一个与众不同的艺术样式，供其重新换个角度审视鲁迅。在"对比"的艺术原则下，萧红采用了浓烈的象征手法，抽离出鲁迅生命中最具表现力的事件、人物、行动，简洁明了地让读者观众看到了黑暗世界中民族先驱的身影。

《民族魂鲁迅》第一幕体现了萧红感性与批判力度的剧目语汇，以女性情感诉诸剧名上男性身体行为与动作，重点突显了鲁迅生平的事迹，富于想象空间的建构。首幕主要突出了少年鲁迅"看穿了人情的奸诈浮薄"，从小立志"改良我们这民族性，想使我们这老大的民族转弱为强"①的成长过程。萧红以十分具有现代意识的"戏中戏"的演绎理念巧妙地再现了鲁迅小说中的人物，如单四嫂子、蓝皮阿五、何半仙、祥林嫂、王胡、阿Q、当铺掌柜、孔乙己。用鲁迅小说中的人物营造和烘托少年鲁迅周围的愚昧无知、无聊、穷困、落魄的"老中国"景象。鲁迅，面对着当铺掌柜的无聊嘴脸，"不言不动不笑"，直看到两个掌柜耍完了，"收了钱便走了"。对于祥林嫂提出的问题，"地狱和天堂到底有没有呢"，萧红引申出鲁迅关于灵魂的思考，"鲁迅想了一会儿，点头说有的。祥林嫂脸上透出感慰的光辉"。对于孔乙己讨钱，鲁迅尽管穷到刚从当铺典当出来，却也"给了他"。少年鲁迅的人格就在萧红化繁为简的场景、动作、对话的设计中，如此活脱脱地呈现——坚定沉静、目光犀利、与人为善。这些情节内容在大幕拉开时的布景中被象征化地突显出来："黑暗中渐渐地有一颗星星出现了，越来越亮，又渐渐隐去。"这黑暗空间正是鲁迅诞生的中华大地，那颗星辰象征了鲁迅在时代中所散发的民族新曙光，照耀民族黑暗的精神内陆；而星光的最终消失显然象征鲁迅的逝去，与希望的

---

① 载《大公报》1940年10月21日第8版《文艺》副刊。

幻灭。

第二幕演绎青年鲁迅的反叛精神，体现了他反传统的天性。在日本留学期间，鲁迅想靠医学救治国人的病。表演中，萧红设计了两个日本人，一人在鲁迅做试验时捣蛋，在黑板上替鲁迅写下"人+兽性=西洋人""人+家畜性=中国人"的见解[1]，并征询鲁迅意见，鲁迅冷静地照旧工作，不理他。但当幻灯映出中国人被斩首的场面时，鲁迅见到阿Q们麻木不仁地在旁边看着，把下巴拖下来嘻嘻傻笑，内心受到极大撼动，有了弃医而走向革命的念头："医好几个人也是无用，还是应该有较为广大的运动。"萧红在此巧妙地置换了场景，没有强调鲁迅归国，而是放映了托尔斯泰、罗曼·罗兰、契诃夫的幻灯半身像，鲁迅伏案写作，意味着归国的鲁迅已献身文学，为革命事业做思想与理论的构建工作。这一幕中，鲁迅一个人在荒野上夜行，远处是坟场，引出鲁迅在绍兴教书时走夜路踢鬼的事。对鲁迅而言，"说鬼"也是一个津津乐道的题目，1936年9月，他写了著名的杂文《女吊》。直到去世前两天——10月17日，他到鹿地亘家中送《中流》，在池田幸子的描述中，鲁迅依然和鹿地亘就鬼谈笑风生，展开探讨。古今中外文学中的鬼"成了话题"。而"H和我因为没有听见过鬼这种东西被人这样有趣可笑地谈论过，时时发了奇声而笑个不停"[2]。萧红截取鲁迅生活片段中有趣而具象征意义的"踢鬼"的经典场面，显然概括了这种彻底认准是非的勇敢正是鲁迅的精神所在。

第三幕的地点主要是北京，试图展现鲁迅痛击黑暗恶势力的勇气与执着的精神。表演中设计了象征黑暗恶势力的恶犬，而鲁迅在打恶犬时却遇上了文雅教授的劝阻，提倡实验主义的绅士忘记了脚是用来

---

[1] 萧红这里引入鲁迅在《略论中国人的脸》的观点，进行了改动。原句是"人+兽性=西洋人""人+家畜性=某一种人"。见钱理群、叶彤编：《鲁迅学术文化随笔》，中国青年出版社，1996年9月版，第130页。

[2] 池田幸子：《最后一天的鲁迅》，载《作家》1936年第2卷第2号。池田幸子所说的"H"指胡风。

走路、香蕉必须吃瓤的道理，奉行着凡事实验的教条等故事。绅士遇到了强盗抢钱袋，仍要绅士地对强盗以公平对待，不愿做背后进攻的事，反倒被强盗打倒在地。两个恶青年，要么认为鲁迅太有闲，要么认为鲁迅是醉眼蒙眬，学着鲁迅的样子嘲讽表演一番。另外两个好青年，一个手持火把跑过，一个手持火把倒地而死，鲁迅接过倒地青年的火把继续一路走去。这一幕是鲁迅盛年时与北京各种势力斗争的集中体现，也是展示矛盾冲突的重要场面。萧红处理鲁迅这段经历，仍然强调了其不妥协不客气打到底的"硬气"，与其对照的是所谓正人君子、绅士们、恶青年，体现出鲁迅虽为千夫所指亦不低头的精神气质与品格。演出时，鲁迅在标示"内有恶犬"的篱笆上的水池子边用竹竿打着什么东西，虽经朋友规劝仍然打，这是打击恶势力的象征行为。萧红通过将严肃化为幽默，沉重化解到寻常的手法，让观众窥见鲁迅性格中顽皮的一面。

　　第四幕的地点是上海，表现晚年多病的鲁迅奔走呼号的形象。一方面为民族为世界和平做大量的工作，另一方面还要忍受世侩和商人的恶劣对待。他亲到德国领事馆递抗议书，反对法西斯暴行。他周遭的环境仍然不好，卖鲁迅书的小贩用"大文豪"大赚其钱，却瞧不起他。开电梯的伙计看他衣着不好，不许他乘坐电梯，转而让其走侍役通道。然而看到鲁迅和外国人从电梯里走下，却又面露惭色。最后，萧伯纳的微笑和高尔基举起钢笔投枪状作为背景，八位青年人一手拿着鲁迅作品，一手执旗，旗上书写鲁迅语录，绕场三周。鲁迅的身影映照在舞台上，随着"民族魂"三个字的出现而幕落。

　　哑剧《民族魂鲁迅》是萧红纪念鲁迅的一种特别方式。萧红大胆使用这种怪诞的西方戏剧形式为鲁迅作传，除了突显鲁迅与"周遭世界的鬼祟跳嚣做个对比"外，另一重要原因是居港期间萧红专注于在小说创作中引入鲁迅的国民性批判理念，该剧每一幕都包含或强调了鲁迅国民性批判倾向，或可称之为萧红所强调的"国民性问题"探索，并将这种理念投射到她所展示的鲁迅生平，内容与形式相得益彰。例如第四幕原是全剧高潮，本应突出表现民族魂鲁迅晚年生活的重大事件。萧红却通过小贩、伙计等人强调了"国民性"问题。

事实上，鲁迅在上海期间，积极参与了很多有历史影响的大事件，如文艺界论争。萧红回避了这场论争，而将鲁迅关于"九一八""一·二八"时的斗争放在剧情介绍中，以"鲁迅先生写了《伪自由书》，坚决地指出了中国的命运"一笔带过。在舞台表演上，用鲁迅去德国领事馆递交抗议书加以点睛，突出了他的国际视野和影响。值得注意的是，终场的剧情介绍，萧红重点把鲁迅1923年《娜拉走后怎样》中的经典预言单独提炼出来，突出鲁迅以文学改造国民性的宗旨。

> 可惜中国太难改变了，即使搬动一张桌子，改装一个火炉，几乎也要血；而且即使有了血，也未必一定能搬动，能改装。不是很大的鞭子打在背上，中国自己人不肯动弹的。我想这鞭子总要来，好坏是别一问题，然而总要打到的……

萧红确信鲁迅的预言，在引用了这段话之后写道："现在这鞭子未出所料地是打来了，而且也未出所料地中国是动弹了。"这里所说的鞭子显然是指日本对中国发动的全面侵略战争。可以理解，为什么在全剧高潮，萧红选择了小贩、伙计等人，去表现靠鲁迅吃饭的人，却因鲁迅的衣着不好而瞧不起他，见了他与外国人在一起又恨自己有眼无珠的国民劣根性。萧红借哑剧形式重申了恃强凌弱、崇洋媚外的病态民族性是招致"挨打"的理由。在《附录》里，萧红指出：

> 这里也许只做了个简单的象征，为了演出者不能用口来传达，只能做手语，所以这形式就决定了内容，这是要请读

者或观者诸君原谅的。①

这"简单的象征"和"形式决定内容"并不意味着简单的选择，或可看作萧红的自谦。萧红对戏剧早已感兴趣。早年在哈尔滨，她就参加了星星剧团，排演了辛克莱的《小偷》（《居住二楼的人》），白薇的《娘姨》等三部戏剧。临近上演时，由于剧团成员被日本宪兵逮捕，剧团解散。风传她与萧军的《跋涉》也上了日本宪兵队的黑名单。于是两萧逃往青岛，投奔舒群。对于这段经历，萧红在散文《商市街》等文章中有所披露。

1938年，话剧《突击》是与塞克、聂绀弩、端木蕻良合作的结果，相当于目前中国电视剧编剧的"攒本子"，是众多人在一起议论而形成的。话剧《突击》无法体现萧红的个人风格，不只在于这是集体项目，有著名戏剧家塞克执笔，还在于话剧的表演是依靠矛盾冲突、人物对话塑造人物形象，推动剧情发展。假设萧红用话剧这种当时中国人最为熟悉最常使用的戏剧形式来表现鲁迅，则不会更好地继承鲁迅国民性问题的思考，无法宣泄她对丑陋愚昧习俗的深恶痛绝。正如鲁迅的遭遇一样，萧红在全民抗战、文艺抗战的呼声中，坚持独立作家姿态是孤立无援的。写哑剧《民族魂鲁迅》，突出鲁迅改造国民性的启蒙价值，可谓萧红与鲁迅精神的一次对话，一次沟通，是完成鲁迅未竟事业的一次壮行。

1941年5月5日，萧红在香港《华商报》发表了一篇写得非常简单且没有文采的短文《骨架与灵魂》，可直接看出她居港期间的创作理念：

> 五四时代又来了。在我们这块国土上，过了多么悲苦的日子。一切在绕着圈子，好像鬼打墙，东走走，西走走，而

---

① 《附录》载《大公报》1940年10月31日第8版《文艺》副刊。

究竟是一步没有向前进。我们离开了"五四",已经二十多年了。凡是到了这日子,做文章的做文章,行仪式的行仪式。就好像一个人拜他那英勇的祖先那样。可是到了今天,已经拜了二十多年,可没有想到,自己还要拿起刀枪来,照样地来演一遍。这是始终不能想到的,而死的偶像又拜活了,把那在墓地里睡了多年的骨架,又装起灵魂来。谁是那旧的骨架?是"五四"。谁是那骨架的灵魂?是我们,是新五四!

萧红为这块土地上仍然重复着"五四"的主题而感慨。作为"五四"精神的继承者,她又确定无疑地站了出来。把《民族魂鲁迅》和《骨架与灵魂》两个作品对照考察可以看出,萧红居港期间,置抗战重大主题叙事于度外、友人误解于不顾、世事纷争于界外,倾力国民性问题思考,其动因来自继承鲁迅未竟事业,继续国民性改造的文学实践。

二、重写鲁迅:萧红书写题材的源泉

1936年10月19日鲁迅在上海病逝,10月20日,香港《大众日报》以《中国的高尔基鲁迅昨晨在沪逝世》为题刊登消息和人物传略。随后,香港各文化团体联合召开鲁迅追悼大会,并以"追悼鲁迅先生特刊"等形式展开纪念活动,此后一直到1941年没有间断过。据卢玮銮《香港文纵——内地作家南来及其文化活动》一文考证,1937年全面抗战爆发,香港"即成中国文化人的集散地",其中有人路过,大都"以香港为转赴后方的中途站";另有人为避战祸,暂居香港;也有人以香港"为主要宣传基地,办报及从事出版事业"[①]。一时

---

① 卢玮銮:《香港文纵———内地作家南来及其文化活动》,华汉文化事业公司,1987年10月版,第31页。

间,香港与内地文化界沟通无阻,且从事办报、写作、木刻、漫画等艺术活动又相对自由,香港文化搞得风生水起,引人瞩目。萧红居港期间,正是内地作家来港的频繁活动期,而内地作家纪念鲁迅的活动一直以来就是声势浩大,形式多样的。戏剧表演、木刻展览、漫画都是南来作家艺术家的拿手好戏,在香港以此形式纪念鲁迅,确乎是内地文化人的"职业选择"。

1940年8月3日,《民族魂鲁迅》上演之后,10月19日,香港又举行了鲁迅逝世四周年纪念,由"文协香港分会"等团体联合举行。适逢胡愈之和梁若尘来港,两人在纪念会上发表了演讲,香港业余联谊社同人朗诵了鲁迅的《过客》。规模虽然比不上鲁迅诞辰六十年纪念,但当天参会人数还是超过了预想,不得不"临时借用附近'中华中学'的三楼大厅"[①]。

萧红在写作之外,选择参与的社会活动相当谨慎,这与她惜时如金有关,也与她的身体在贫病交加中一直没有得到过疗治有关。在香港,纵然身体虚弱,在给靳以的信中,她仍然说自己其实没有什么大病,只是贫血,走路会晕倒。无论对于纪念鲁迅的活动,还是讲演、写哑剧,这些邀请她都义不容辞。考察萧红对于鲁迅的不断书写,可以看出,她从书信、诗歌、散文、讲演、哑剧等各种不同角度,为中国现代文学提供了一个与众不同的鲁迅形象,这源于其深植于内心的鲁迅情结。

鲁迅逝世距萧红去日本刚过三个月,她很难接受先生离世的现实。面对多方邀稿,她在1936年11月9日给萧军的信中袒露了为难的心境:"关于回忆L一类的文章,一时写不出,不是文章难作,倒是情绪方面难以处理。本来是活人,强要说他死了!一么这想就非常难过。"因此,在日本东京,萧红在情感上一直是拒绝承认鲁迅不在人世这个事实的。较早前的1936年10月24日,在她发给萧军的信中,

---

① 卢玮銮:《香港文纵———内地作家南来及其文化活动》,华汉文化事业公司,1987年10月,第31页。

她也说：

>现在他已经是离开我们五天了，不知现在他睡到哪里去了？虽然在三个月前向他告别的时候，他是坐在藤椅上。而且说：每到码头，就有验病的上来，不要怕，中国人就专会吓唬中国人，茶房就会说：验病的来啦，来啦……①

此信由1936年11月5日出版的《中流》杂志第1卷第5期以《海外的悲悼》为题发表。信末有"编者按"，记录了发表缘由："这是萧红女士在日本听到鲁迅先生逝世的消息后，写给她的恋人田军的信。因为路远，我们来不及叫她给《中流》专号写稿，便将这信发表了，好让她的哭声能和我们的哭声混在一道。"

由此看来，此信的发表萧红事先并不知道，因此也不能算是为回忆鲁迅先生专题而撰写的文章。接下来在日本期间，萧红除给萧军的信中谈及她对鲁迅的思念，并未写什么怀念回忆文章。譬如10月29日信中说"这几天，火上得不小，嘴唇又全烧破了。其实一个人的死是必然的，但知道那道理是道理，情感上就总不行"。可见她需要整理自己的情绪。回顾她对鲁迅的记述，萧红是一点一点地走进"回忆鲁迅"这个艺术世界的。回上海后，她在萧军、许广平、海婴的陪同下，祭拜了鲁迅先生墓，写了著名的《拜墓》诗："我就在你的墓边竖了一株小小的花草，但，并不是用以招吊你的亡灵，只是说一声：久违。"这声"久违"仍意味着诗人萧红尚沉浸在情感幻想和与鲁迅平常日子对话的希冀中，后来萧红在《回忆鲁迅先生》中所描述的鲁迅的音容笑貌，"好久不见，好久不见"的那句玩笑，可视作"久违"的出处。要想进入回忆鲁迅这扇记忆的大门，对萧红谈何容易！

---

① 萧军：《萧红书简辑存注释录》，黑龙江人民出版社，1981年1月版，第131页。

更值得注意的是，萧红回忆和书写鲁迅，与其他同时代的女性作者有所不同。她将鲁迅的现实社会文化体验还原为富有生活审美的民族哲人与文学意义的诗人。她笔下的鲁迅形象，细致而铭刻深远地转化为开放性文学大师，同时也是生活美学家，意象丰富，融合了感性笔触与理念的姿态。

其他大部分女性在回忆鲁迅时，都选择了散文形式，既可以克制情感，又与时俱进地写些时尚的革命话语。1936年10月23日，白薇发表在上海《申报》的回忆文章《我对鲁迅先生的回忆和感想》，与同日发表在《申报》的另一篇草明的纪念文章《鲁迅先生给中国民众的遗产》相比较而言，前者更具文学性，后者则很能代表当时流行的口号式文章。白薇是鲁迅编辑《奔流》时的青年作者，是早于萧红接近鲁迅的人。她最初不想见鲁迅，原想把稿子送给许广平就走：

> 杨骚领我去见鲁迅，我刚走到楼梯脚，踌躇又想跑了，不料鲁迅先生温和地在楼口上大声喊：白薇请上来呀，上来！我一溜走进他的书房，微低头不敢正视。一把蒲扇对我的白衣扇来：热吧？

这一段记述非常生动，把鲁迅对青年的爱护描述得淋漓尽致。但白薇在文中也免不了谈论战乱局势：

> 时局紧张及论战剧烈时，总想去聆听高教或劝说劝说他，这次统一战线开始，至论战轰动中，我有三十次想去看他，总为着我那怕见巨人的怪癖，阻止了多少应发的情感……啊，收拾今天的热泪，把这感情和青年战士们结成一条铁链，继承先生苦斗的战士精神，和敌人搏斗到浩大的战场上去吧！

在此可以看出，白薇是冷静地克制了情感，而靠理智书写了对鲁迅的回忆。池田幸子亦是在鲁迅逝世后，以最快的速度写出了回忆文章《最后一天的鲁迅》，发表在1936年《作家》第2卷第2期"哀悼鲁迅先生特辑"上。

1937年10月18日，武汉《战斗》第1卷第4期"鲁迅先生周年祭特辑"发表了萧红的散文《万年青》。萧红从此时慢慢回忆起鲁迅的家居生活。与白薇一样，萧红切入回忆，是先从鲁迅日常说话、形体动作开始的。在讲述了第一次到鲁迅家中，与鲁迅就"万年青"的对谈后，萧红转换画面回到现实鲁迅的家。万年青还在，花瓶却到了鲁迅的墓地。许广平依然忙碌着。两人有时站在鲁迅的像前谈论鲁迅，但萧红却感觉像是谈论着古人那么悠远了。"八一三"前后，许广平家遭受监视。很多人寸步不敢移动，"周围全是监视他们的人，没有一个中国的友人敢和他们见面。这时候，唯一敢于探视的就是萧红和刘军①两先生"②。萧红永远都以弟子身份站在鲁迅和许广平一边，不只是动动嘴皮子，喊几句口号，写几篇纪念文章而已。

在给许广平的信中，萧红谈到编《鲁迅》刊物的事，"周先生去世之后，算算自己做的事情太少，就心急起来"。因此，编《鲁迅》刊物成为萧红的一大心愿。她表示，"这刊物不管春夏秋冬，不管三月五月，整理好就出一本，本头要厚，出一本就是一本。载一长篇，三两篇短篇，散文一篇，诗有好的要一篇，没有好的不要。关于周先生，要每期都有关于他的文章"③。对于从来不参与编刊物，只是专心写作的萧红，为了《鲁迅》要向许广平、茅盾、台静农等邀稿，不仅讲究文章质量，还讲究封面设计，这对在武汉码头摔倒、到重庆身体

---

① 刘军：即萧军。
② 许广平：《追忆萧红》，载王观泉编：《怀念萧红》，黑龙江人民出版社，1981年2月版，第22页。
③ 载上海《鲁迅风》1939年4月5日。

遭受生育之苦的萧红，是超出身体所能承受的能力的。虽然如此，在重庆的萧红，完全进入了回忆和纪念鲁迅的精神状态。她调整好了，陆续写些关于回忆先生的文章。这时，被公认为中国现代文学史上鲁迅回忆录中的经典名篇《回忆鲁迅先生》，也在酝酿中。其诞生过程，鉴于萧红其时的身体状况，也颇为传奇。

《回忆鲁迅先生》成稿于1939年10月，萧红与端木蕻良居于重庆黄桷树镇复旦大学苗圃。在复旦学生姚奔的回忆中，夏天，萧红身体不好，准备写关于鲁迅的回忆，由萧红口述，姚奔记录。丁言昭的《萧红传》再现了此段历史：

> 我们连续几天，在黄桷树镇嘉陵江畔大树荫下的露天茶馆，饮着清茶，她望着悠悠的江水，边回忆边娓娓动听地叙述着她在上海接受鲁迅先生教益的日子。我边听边记，她根据我的记录，整理成文，这就是后来发表的《回忆鲁迅先生》。①

此外，萧红在重庆经历了她与萧军的孩子夭折，身体正在恢复中。对着悠悠的江水，历经人生磨难的萧红用独特的方式书写着鲁迅。此时，应该说，萧红与端木蕻良在对待"鲁迅书写"的内容上，是截然不同的。靳以在《悼萧红》中写道，当他问萧红在写什么时，萧红说"我在写回忆鲁迅先生的文章"。在床上躺着的端木则爬起来：

> 一面略带一点轻蔑的语气说："你又写这样的文章，我看看，我看看……"他果真看了一点，便又鄙夷地笑起来："这也值得写，这有什么好写？……"萧红的脸红了，带了

---

① 丁言昭：《爱路跋涉：萧红传》，业强出版社，1991年7月版，第234页。

一点气愤说:"你管我做什么,你写得好你去写你的,我也害不着你的事,你何必这样笑呢?"

可见萧红的女性叙事视角当时颇受男性论述的排斥,不受赏识之余还受到男性中心观念者的嘲笑,从中亦可看出端木蕻良毫不体贴萧红对于鲁迅生平的各种怀念之情。这些言论并不能归咎于文人相轻,因为其中含有性别特质异同的差距问题,因此也不能得出端木对萧红没有感情的结论。

端木自不必说,即使对萧红尊敬有加的靳以也认为萧红悼念鲁迅的内容"嫌琐碎些",可见萧红坚持以女性特质的叙事刻画鲁迅生平和情感内核,承受了很大压力。对于萧红这篇回忆鲁迅的文章,靳以说:"后来那篇文章我读到了,是嫌琐碎些,可是他不该说,尤其在另一个人的面前。而且也不是那写什么花絮之类的人所配说的。"[①]可见萧红没有将她的写作纳入时代主流话语中,而是大谈特谈鲁迅的文艺、政治观点,去支撑抗战文学的宏大主题叙事。这正是萧红作为女性作家的女性叙事的精神核心。

当文学回到自身状态,不再被政治逼到口号式的命运时,萧红的价值才突显出来。正是萧红与众不同的鲁迅情结,和独特的女性叙事文笔,不断地通过书信、诗歌、散文、哑剧、讲演等方式书写鲁迅,才为后世提供了一个不同于其他父权男性文学史所记录的鲁迅形象。萧红摒弃了所有外在世界对她言说鲁迅时的干扰,包括她身边的文化人"革命""民族大义"等政治口号和思想高度,甚至"假大空"等套话的影响,以女性气质的敏锐笔触将鲁迅还原成一个凡人,仿佛在文本中回到鲁迅身边再次与之对话。通过日常生活的影像,仔细刻画鲁迅在家庭与社会之间的具体生活内容,为现代文学史中的鲁迅形象雕刻出更有血肉肌理,更有人间质感,也更有情感内蕴的生命体。若

---

① 靳以:《悼萧红》,载王观泉编:《怀念萧红》,黑龙江人民出版社,1981年2月版,第74页。

没有这些，鲁迅形象可能至今都无法有血有肉，丰富立体，而落入文学创作中所忌讳的"扁平形象"。恰是萧红"嫌琐碎些"的艺术审美，赋予了鲁迅生命以动感、韵律感，从而在文学史上留下令人难忘的经典影像。

载于2011年第8期

端木蕻良回忆文章的真伪

乔世华

朱献贞《关于〈瞿秋白留下的旧拖鞋〉的疏证》(《鲁迅研究月刊》2014年第3期)对端木蕻良1937年和1981年先后发表的两篇涉及回忆瞿秋白旧拖鞋的文章进行了详细的疏证,认为端木蕻良获得瞿秋白的拖鞋的回忆是可信的。不过,因其所掌握的材料有限,其对端木蕻良曾持有瞿秋白旧拖鞋的有关论证与推理都有难以成立的地方。

首先要说明的是,朱文完全不必如此饶舌地用大量篇幅证明王观泉同志关于端木蕻良不可能在1933年获得瞿秋白的旧拖鞋的观点。因为端木蕻良在《鲁迅先生与萧红二三事》一文中已经明确说明自己是在上海战起要到内地前在胡风家里得到这双拖鞋的,而胡风《回忆录》和梅志《胡风传》中也都说明端木蕻良是在1937年9月离沪前几天因没有住处而借住在胡风家的亭子间的。所以,如果端木蕻良在胡风家里得到过瞿秋白的拖鞋的话,时间应该是在1937年9月。朱文认为端木蕻良《鲁迅先生与萧红二三事》发表于1981年的《新文学史料》,"当时还有相当一批萧红同时代的人健在,包括拖鞋关涉者胡风",而且"《新文学史料》就是所谓'胡风集团'成员之一的牛汉所编的重要刊物""我相信胡风肯定看到并阅读了1981年第3期的《新文学史料》""如果端木编造了从胡风家得到瞿秋白的旧拖鞋的史料,那么胡风一定会指出来的""端木在明知胡风尚健在而且一定会看到自己发表文章刊物的前提下，如果还去有意无意地编造回忆，就很不合常理了"①。胡风会不会因为《新文学史料》是自己文学同路人所编，或者某一期杂志上登了自己的文章就看《新文学史料》上的所有文章呢？会不会因为别人的有关记述纯属子虚乌有就一定指出来呢？我们现在都没有办法获知。倒是有一个活生生的事实证明出狱后的胡风不大看《新文学史料》——胡风在1980年6月21日给主编牛汉的私人信件中提到了自己对这本杂志的阅读情形："《新文学史料》适夷给我带来过一本，我也只能翻翻目录。重要的文章、有关的文章都无法强看"，同时还说："《史料》写稿的人，有的完全是在信口开河。"②胡风晚年身体健康状况欠佳，如果端木蕻良编造回忆，胡风不一定关注，或者即使关注了，也不一定会针锋相对去较这个真并公开指出来。

朱文之所以肯定端木蕻良有关瞿秋白的旧拖鞋的回忆是可信的，是因为端木蕻良早在1937年"就在一篇纪念鲁迅逝世一周年的文章《哀鲁迅先生一年》中专题记述了得到瞿秋白这双拖鞋的感慨以及拖鞋的来历"③。但如果细读《哀鲁迅先生一年》的话，会发现在这篇文章中，端木蕻良从头至尾并没有说自己在胡风家里得到了瞿秋白的旧拖鞋的事实，相关记述只是讲说自己态度的转变，由过去"最反对穿拖鞋"而变为"这次我却穿了一个很长的时光了"，缘故是知道了"这鞋子在我之前曾经过两个主人，他们两个无比的天才，都曾踏在它的上面将中国的文化光辉创造过了。这两个主人不是别人，就是瞿秋白和鲁迅"。"穿"拖鞋和获得拖鞋是两回事，而且端木蕻良此文只是借着拖鞋之题来发挥讲述自己对鲁迅的深厚感情以及为何与鲁迅缘

---

① 朱献贞：《关于〈瞿秋白留下的旧拖鞋〉的疏证》，载《鲁迅研究月刊》2014年第3期。

② 胡风：《胡风全集》（第9卷），湖北人民出版社，1999年1月版，第455页。

③ 朱献贞：《关于〈瞿秋白留下的旧拖鞋〉的疏证》，载《鲁迅研究月刊》2014年第3期。

悭一面，进而抒发奋发向上的情绪："从今，我将脱下拖鞋踏上芒鞋去了。"①这篇文章是经由胡风发表在由周刊变为半月刊后的《七月》1937年第1期上的。彼时胡风编辑《七月》杂志时对待作者的稿件态度是"文责自负"，其晚年在《回忆录》中提到《七月》在1937年9月曾连着出了三期周刊，"内容完全集中在抗日斗争和抗日战争这一点上""至于和这个斗争，这个战争相关的具体人物，只要最后是站在抗日战线内，尤其是为抗日而牺牲的，不管他从前的经历如何，都不惜暂时给以肯定，如萧军和端木蕻良所记的两个人，我毫无所知，只好由作者们负责了"②。1937年10月，胡风把先前《七月》周刊上发表的文章选出一些，再加上新的稿件编成了《七月》半月刊第一期（即刊登了端木蕻良《哀鲁迅先生一年》的那一期杂志），胡风再度表示："作为编者，是不可能确知作者所写的人物的实况的（如萧军和端木蕻良所写的），只好采取文责由作者自负的方针。"胡风为什么会如此不计较回忆、写人的真实性？他自己解释得很明白："应该提一提人物记，因为现实生活的复杂性和抗敌教育的急迫性，只好把当前的抗敌言行这一点当作标准。"③换言之，在编选稿件时，胡风并不计较文章可能与事实有出入的地方，他更看重文章的思想主题是否有利于抗敌。而《哀鲁迅先生一年》有着很强的思想性，这正应和着当时鼓动读者发扬伟人精神并循着瞿秋白、鲁迅等伟人足迹投入伟大的民族战争中的时代主题。值得提及的是，胡风夫人梅志（也是拖鞋的关涉者）在所著《胡风传》中就专门提到了胡风对待端木蕻良《哀鲁迅先生一年》的态度：

想起鲁迅先生逝世一周年的纪念日将到，又赶写了一篇

---

① 端木蕻良：《哀鲁迅先生一年》，载端木蕻良：《化为桃林》，上海古籍出版社，2000年12月版，第181—182页。
② 胡风：《胡风全集》（第7卷），湖北人民出版社，1999年1月版，第353页。
③ 胡风：《胡风全集》（第7卷），湖北人民出版社，1999年1月版，第362页。

《即使尸骨被炸成灰烬》。端木的一篇纪念文却使胡风为难了，那双破拖鞋被他编得简直神了，也太荒唐了。本来，这事是胡风对端木说的，怎么一下子写成了另外的情况，是在写小说吧？可是，改又没法改，删去吧，会说胡风小气，伤了作者的虚荣心。只好留下，让他自己对这不合事实的编造负责吧。①

朱文认为"如果端木编造了从胡风家得到瞿秋白的旧拖鞋的史料，那么胡风一定会指出来的"②，《胡风传》的有关记述明确无误地让我们看到胡风对端木蕻良的编造做出了某种回应。客观地来说，《哀鲁迅先生一年》也许还有那么一点"事实"的影子，即端木可能在胡风家里穿过瞿秋白留下来的拖鞋。而到了1981年所写的《鲁迅先生与萧红二三事》中，端木蕻良则让这双拖鞋的分量加重，且具有了更加传奇的色彩：端木蕻良知道了这双旧拖鞋是瞿秋白留在鲁迅家中的遗物后，遂向胡风要来作为自己永久的珍藏；在与萧红结合后，端木蕻良得知萧红当年在鲁迅家中就穿过这双拖鞋："这双拖鞋居然我们两人都穿过它，并且还到了我们家。"③这记述颇有一点"鞋"为媒的味道了。端木蕻良夫人钟耀群在《端木与萧红》（中国文联出版公司1998年版）一书中也写到了这双联系着瞿秋白和鲁迅友情以及端木蕻良与萧红姻缘的拖鞋，这应该是据端木蕻良的回忆文章而写的。此书把端木蕻良与萧红的婚姻生活写得非常幸福，如胶似漆，其中多有粉饰及不实之处，本人在十数年前已经写有专文指出④，此不赘述。

---

① 梅志：《胡风传》，北京十月文艺出版社，1998年1月版，第360页。
② 朱献贞：《关于〈瞿秋白留下的旧拖鞋〉的疏证》，载《鲁迅研究月刊》2014年第3期。
③ 端木蕻良：《鲁迅先生与萧红二三事》，载端木蕻良：《化为桃林》，上海古籍出版社，2000年12月版，第199—200页。
④ 乔世华：《〈端木与萧红〉：一部不实之作》，载《中国图书评论》2003年第2期。

在我看来，端木蕻良所记述的拖鞋事情既有可能是误记，但更有可能是有意识地对记忆的修改。众所周知，在众多端木蕻良与萧红生活、关系的见证者的回忆文章中，萧红与端木蕻良结合后生活并不愉快，在萧红临终住院时，端木蕻良更有弃之不顾的嫌疑，因而端木蕻良一直被认为是一个负心郎。像见证者之一骆宾基写于1946年11月并出版于1947年的《萧红小传》一书对端木蕻良（该书以T君指称端木蕻良）是很鄙夷不屑的，书中的端木蕻良自私自利、无情无义。此外，骆宾基在私下里与友人的谈话及书信中也对端木蕻良多有指责，像梅志《胡风传》中就提到抗战时期胡风夫妇在桂林居住时，从香港逃到桂林的骆宾基常来胡风家里聊天，讲述端木蕻良种种无情无义的表现而令胡风夫妇感慨万分，如端木蕻良先是为着自己突围而把萧红一人孤零零地扔在医院里，"到办理后事时，端木连火葬费都拿不出，还是骆把身上仅有的几十元港币拿了出来……可是，到端木路遇烂仔（香港的打劫匪徒）时，却从他口袋里搜出了不少美钞"①。香港作家彦火后来在信件中曾就有关情况问及骆宾基，骆宾基有很详细的回复："在乐道，我本答应萧（指萧军），一定把她安置妥当以后再离开，而且也被她的同居者（指端木蕻良）恳托一助，但我却怎么也想不到一到思豪大酒店，萧红的同居人竟不辞而别了。《大公报》记者杨刚来访萧红之后，萧对我说，T（指端木蕻良）随人走了，不再来了！于是作为与病人共患难同生死的护理者的责任就不容推辞地落在我的肩上了。此后朝夕相处四十天，而那个T君则在我走后的第三十四天又不告而来了，并把行李带到养和医院，说是要陪我护理病人。""问题是早已经在太平洋战争开始之次日，萧进入思豪大酒店之夜开始，直到四十四天之后逝于圣士提反临时医务站，萧红是独身一人，再也没有什么'终身伴侣'之类的人物在这世界上存在着了。萧红与T的同居关系随着战争的爆发而在这天就宣告解除了（骆与萧只

---

① 梅志：《胡风传》，北京十月文艺出版社，1998年1月版，第476页。

是文艺战线上的同时代人的战友关系、道义关系而亲切如姐弟——彦火按：这是骆宾基的加注）。这是历史的真实，是不容以伪善代替的。矛盾本质，就在这里。"端木蕻良生前一直就没有公开的文字对骆宾基等人的指摘予以积极和直接的回应，倒是在私下里的访谈中对骆宾基的有关言辞予以否认，如彦火在向他询问端骆公案情形时，他就表示："一对夫妇天天吵架，不可能和他们的创作成比例，夫妇不和绝不是创作的动力，只要排比一下他们的创作产量和质量，这个问题就会迎刃而解的。"[①]

所以，端木蕻良写作《鲁迅先生与萧红二三事》一文，不仅仅是要回忆鲁迅、回忆萧红，还有多方面的写作意图。其一就是在为自己和萧红的感情生活做出某种辩诬，二人的结合非但不像外界认为的那样不般配，还很有些天作之合的意思。其二，一双不起眼的旧拖鞋不但见证了瞿秋白和鲁迅的友情，还记录着文学前辈恩泽对文学青年的沐浴，这篇文章立意新巧，可谓小中见大了。其三，此文是在"文革"之后写作的，很应了当年诸多控诉"文革"罪行的文章的景，因为端木蕻良在"流浪生活中，几乎失去了所有的一切"，而这双拖鞋一直被他珍藏着，"经历了无数次的炮火，无数次的颠沛流离，都保存下来了，但是，它却消失在浩劫之中"。在《鲁迅先生和萧红二三事》一文开篇，端木蕻良用了颇多笔墨讲述艺术家成功塑造的列宁形象令自己"心折"，在他看来："艺术需要提炼，需要集中，更需要突出，也允许夸张。"[②]那么，端木蕻良对这双能见证瞿秋白和鲁迅友情的拖鞋的记述是否有"突出""夸张"的成分，我们就不得而知了。但有必要指出一个事实：萧红1939年在重庆与端木蕻良同居期间写有将近两万字的长文《回忆鲁迅先生》，如果真有这样一双既令端木蕻良感动也令萧红感念不已的拖鞋，按照常理，她是应该记录在这篇谈

---

① 彦火：《红颜往事——萧红的感情波折》，载《上海文学》2013年第8期。
② 端木蕻良：《鲁迅先生与萧红二三事》，载端木蕻良：《化为桃林》，上海古籍出版社，2000年12月版，第199—200页。

说鲁迅诸多日常生活琐事、写出鲁迅浓厚人间情怀的文章中的。但是这篇文章只字未提这双拖鞋，这是否也能说明一些问题呢？

朱文认为端木蕻良的"这两篇文章对我们理解鲁迅与瞿秋白的感情，了解萧红与鲁迅的交往，都具有十分重要的史料价值"[1]。事实上，这两篇回忆文章都有着太浓厚的文学意味，其真正价值恐怕仅在于告诉我们：瞿秋白曾经在鲁迅家里留有一双旧拖鞋。

载于2014年第9期

---

[1] 朱献贞：《关于〈瞿秋白留下的旧拖鞋〉的疏证》，载《鲁迅研究月刊》2014年第3期。

论萧红创作中的鲁迅因素

梁建先

鲁迅与萧红的文学交往是众所周知的。鲁迅发现了萧红的文学才能,萧红一生追随鲁迅思想,他们从相识到相知,彼此在文学创作中找寻精神的对话与交流。鲁迅与萧红的文学交往一直处于"不断被言说"的状态,不容否认,鲁迅不仅在生活、思想上关照萧红,在文学创作上鼓励她,还为她的《生死场》写序(除萧红之外,鲁迅一生仅为白莽、萧军、叶紫三位青年作家作序),称其"中国当代最有前途的女作家"[①]。在鲁迅的帮助下,萧红立足于上海文坛,随着相似的家庭经历、漂泊生涯以及病痛体验,她在人物叙事和主题思想上越来越向鲁迅靠近。对于二者的影响研究,众多的研究者从萧红文学创作的主题、思想、题材或者艺术精神等方面探求鲁迅思想的踪迹,基本不脱离主流评价,如孙犁说萧红"吸取的一直是鲁门的乳汁"[②],钱理群认为鲁迅与萧红是"有着亲密的文学的血缘关系"的"父"与"女"[③],孟悦、戴锦华的"同鲁迅站在同一地平线上"的"大彻

[①] 端木蕻良:《我和萧红在香港》,载彭放、晓川主编:《百年诞辰忆萧红》,北方文艺出版社,2011年3月版,第259页。

[②] 孙犁:《读萧红作品记》,载《大地》1981年第6期,第34—36页。

[③] 钱理群:《"改造民族灵魂"的文学——纪念鲁迅诞辰一百周年与萧红诞辰七十周年》,载《十月》1982年第1期。

悟"①,还有如季红真、姜志军、王立坤等诸多学者提出的说法。然而这些研究都是热衷于从时代主题背景下寻找作家之间的共通性,都是启蒙使命下对底层人民悲苦生活的深切关怀,对民族、国家命运的深刻揭示,类似主题研究的学术价值自然不可否认,但笔者认为,对于萧红小说创作中的鲁迅因素研究,既要看到时代思潮的影响以及鲁迅思想对萧红文学的滋养,也要避免过度的导向性或遮蔽性研究,还应该结合萧红的个体经历看到她文本的独特性,找到二者之间既有渊源,又有明显的区别,如此,才有利于对萧红的文学和人生做出合乎情理的还原与评价。

一、离乡者的故乡回望——同中存异

故乡意象是鲁迅与萧红创作中共同反复出现的话题。书写故乡,从叙述者身份看,他们离乡背井已然成为事实。鲁迅谈到乡土文学时说,乡土文学给人印象最深的是"隐现着乡愁"②。诚然,作为离乡者,他们与曾经的"物质故乡"失去了直接的关联,文学故乡便成了离乡者逃避现实,回到过去,实现与故土精神相连的唯一纽带。就鲁迅来说,他离开家乡多年后,创作了《故乡》《社戏》《祝福》以及散文集《朝花夕拾》等诸多篇章,用了大量篇幅回忆故乡鲁镇的人与事;萧红的《呼兰河传》《牛车上》《红的果园》《后花园》《家族以外的人》,散文《祖父死了的时候》《永久的憧憬和追求》《感情的碎片》《失眠之夜》,也是围绕记忆中的故乡呼兰河创作的。不论是鲁迅还是萧红,他们笔下超越过去"物质故乡"时空里的精神家园,既是作家当下的生活体验、情感体验以及精神体验的聚焦,更是一个包罗

---

① 孟悦、戴锦华:《浮出历史地表:现代妇女文学研究》,中国人民大学出版社,2004年7月版,第190—191页。

② 鲁迅:《且介亭杂文二集·〈中国新文学大系〉小说二集序》,载《鲁迅全集》(第6卷),人民文学出版社,2005年11月版,第255页。

万象的话语场域。因此，分析鲁迅与萧红的故乡书写，选取二者都有代表性又很有相似性的童年欢乐天地——"百草园"与"后花园"便可见一斑。

"百草园"是鲁迅欢快、明朗的童年乐趣所在地，要理解"百草园"的乐，不得不从文章创作的背景谈起。散文《从百草园到三味书屋》发表在《莽原》时加有副标题"旧事重提之六"，后收入由《旧事重提》更名为《朝花夕拾》的散文集里。鲁迅为什么在1926年前后集中写成《朝花夕拾》，"小引"第一句就有坦白，"在纷扰中寻出一点闲静来"，就"只剩了回忆"[①]。所谓"纷扰"，即此时他正深陷被同行告密而受到北洋军阀通缉，对段祺瑞政府的教育制度和争权夺利的教育界极度失望。同时又因与学生许广平恋爱而陷入复杂矛盾情绪，更促使他只身一人离京。初到厦门的陌生感更使得鲁迅心情极度苦闷，如何从喧嚣繁杂中获得一丝宁静，唯有故乡那些愉快的回忆，于是记忆中的百草园，一个充满了无穷奇趣的儿童乐园就涌上心头。"不必说碧绿的菜畦，光滑的石井栏，高大的皂荚树，紫红的桑葚；也不必说鸣蝉在树叶里长吟，肥胖的黄蜂伏在菜花上，轻捷的叫天子（云雀）忽然从草间直窜向云霄里去了。单是周围短短的泥墙根一带，就有无限趣味。"[②]这一中学生必背的经典将百草园的全景有层次地呈现了出来。在这多点面的描述句子中，我们完全可以想象这样的画面：百草园在长妈妈等人的悉心照料下，菜地整齐碧绿长势喜人，调皮可爱的小鲁迅每天跟着长妈妈来菜地，欢快地帮长妈妈摘菜，开心地跟着小伙伴在石井旁的栏杆上爬上滑下，玩累了就缠着长妈妈采摘桑葚吃，吃饱喝足后满脸惬意地听蝉鸣叫，盯黄蜂伏花，看云雀冲天，再闭上眼睛或是沉思自然现象的各种疑惑，或是就地一躺美美睡

[①] 鲁迅：《朝花夕拾·小引》，载《鲁迅全集》（第2卷），人民文学出版社，2005年11月版，第235页。

[②] 鲁迅：《朝花夕拾·从百草园到三味书屋》，载《鲁迅全集》（第2卷），人民文学出版社，2005年11月版，第287页。

上一觉。在记叙百草园的花草虫鸟的乐趣中,还穿插着长妈妈讲述令他又欢喜又害怕的美女蛇故事,将孩子对未知世界的想象幻化成了有趣的聊斋故事,渲染得百草园更具神秘的艺术魅力。到了冬天,鲁迅在不到七十个字的段落里,连用九个动词逼真传神地表述了怎样摆设捕鸟机关、如何等待鸟雀入网,生动形象地描绘了雪后捕鸟的场景,虽然小鲁迅并不如闰土父亲那般熟练,但完全可以想象得出一个孩子在捕获鸟雀后的欢蹦乱跳和无限满足。从百草园的夏冬景观和各种嬉戏,到美女蛇故事的穿插,这些事物构成了百草园最无忧的童趣和最快乐的记忆。有学者曾总结《朝花夕拾》就是"隐喻性地表达了鲁迅精神还乡"[1]。确实,正是因为有《阿长与山海经》《五猖会》《无常》《从百草园到三味书屋》里美好的童年记忆,才促成了他的一系列故乡书写与叙事。

与鲁迅"百草园"相似的鲜活景观和童真乐趣的是"后花园",出现在萧红的《后花园》与《呼兰河传》里。要理解萧红的"后花园"故乡叙事,就离不开萧红写作时的处境与经历。萧红1940年1月从重庆飞往香港后,4月发表《后花园》,《呼兰河传》于同年12月刊载完成。萧红之所以离开重庆,一方面是因为日军炮火轰炸不得安生,更重要的原因还是为逃离情劫的折磨。据胡风夫人梅志回忆,萧红"是以屈就别人牺牲自己的精神去香港的",她"跳不出已感到桎梏的小圈子的软弱"[2]。与萧军的分手让她身心疲惫,为了彻底摆脱与萧军的感情纠葛和安心养病,她决定和端木蕻良前往香港。尽管与端木此时已结婚,但其实两人的感情并非和谐融洽,靳以悼念萧红的文章就曾提到,端木蕻良"自视甚高","完全过着为自己打算的生活",萧红从他身上得到的是"精神上的折磨"[3]。萧红在历尽艰难到

---

[1] 宋剑华:《无地彷徨与精神还乡:〈朝花夕拾〉的重新解读》,载《鲁迅研究月刊》2014年第2期。

[2] 梅志:《"爱"的悲剧——忆萧红》,载彭放、晓川主编:《百年诞辰忆萧红》,北方文艺出版社,2011年3月版,第168页。

[3] 靳以:《悼萧红》,载彭放、晓川主编:《百年诞辰忆萧红》,北方文艺出版社,2011年3月版,第333页。

达香港后,倍感孤寂,她给好友白朗的去信里说:"我的心情永久是如此抑郁","如今我只感到寂寞。"①由于环境陌生、语言不通,离乡之愁如潮水般袭来,再加上愈是逃避愈是想念带来的感情上苦涩的痛,以及身体病痛的折磨,与鲁迅一样,唯有去写作中寻找寄托与安慰,因此,这段时间萧红的创作爆发出近乎"宗教感情"②般的激情,涌现了《后花园》《呼兰河传》《小城三月》等温情满满的故乡题材作品。在《后花园》里,一开篇就展现了一派生机勃勃、色彩明亮、趣味盎然的景象:五月里的后花园各种花竞相开放,向着大街的大黄倭瓜花、爬上窗棂的黄瓜花,还有刚刚结果的各色大小胖瘦的黄瓜;到了六月里"后花园更热闹起来了","蝴蝶飞,蜻蜓飞,螳螂跳,蚂蚱跳",大红的柿子,青、紫色的茄子,红的、绿的玉蜀黍缨子,还有红的晃眼的马蛇菜,为后花园增添了无限缤纷的色彩。在一角菜地里,"脂粉豆、金荷叶、马蛇菜都开得像火一般",到时间了各种瓜藤就都结满了果子,后花园里丰收喜悦之情跃然纸上。③在这一千多字的开头里,萧红五次用到"热闹""火"等相似的词语,既饱含后花园生命迸发、奔放明媚的情感,又反观出孤寂忧郁的萧红盼望回归后花园的强烈渴求。更多后花园里愉快的温情记忆、童趣快乐都被萧红放置在《呼兰河传》里,她用了整整一章来描写后花园的喜人的瓜果蔬菜、好玩的花鸟虫豸,以及与爷爷相处的甜蜜记忆。"我家有一个大花园","花园里边明晃晃的"。萧红尤其喜欢跟爷爷待在后花园里,"祖父栽花。我就栽花;祖父拔草,我就拔草",祖父不仅带她认识自然界里许多未知的事物,教会她许多做人的道理,还能给她做出最美味的食物,最重要的是爷爷给了一个天真可爱的小女孩最恣意的

---

① 白朗:《遥祭》,载《萧红全集》(下卷),哈尔滨出版社,1991年5月版,第1310页。

② 端木蕻良:《我和萧红在香港》,载彭放、晓川主编:《百年诞辰忆萧红》,北方文艺出版社,2011年3月版,第255页。

③ 萧红:《后花园》,载中国现代文学馆编:《中国现代文学百家·萧红卷》,华夏出版社,1997年1月版,第229—230页。

宠爱，让她在父母面前没有得到"家"的温暖却能从爷爷的怀抱中获得了满足。所以在萧红的笔下，将爷爷带给她的这份深爱与自由转化为了对后花园里瓜藤的热情描述："花开了，就像花睡醒了似的。鸟飞了，就像鸟上天了似的。虫子叫了，就像虫子在说话似的。一切都活了。都有无限的本领，要做什么，就做什么。要怎么样，就怎么样。都是自由的。"①《后花园》与《呼兰河传》构成了一个完整的"后花园"故事，有萧红少年时期的各种无忧无虑的乐趣，带给了她最放松、最自由的感觉，所以萧红才会一次又一次在诸多作品中不断回望，不断从后花园的记忆中寻找现世的关怀。然而，后花园在萧红的笔下，除了有鲁迅百草园般的明朗快活之外，还有另外一番景象与之对比形成强烈反差，"那园里的蝴蝶、蚂蚱、蜻蜓，也许还是年年仍旧，也许现在完全荒凉了。小黄瓜，大倭瓜，也许还是年年地种着，也许现在根本没有了"②。在小说第四章里，五个小节的开头都用一个重复的句子"我家的院子是很荒凉的"，实际上，后花园热闹过后的荒凉，与萧红写作时孤寂的情绪成了一种同构，"荒凉"寓意着萧红后花园叙事的终结。

不论是鲁迅的"百草园"，还是萧红的"后花园"，无疑都是一个重要的故乡意象符号，都是作家一定情绪状态下的记忆载体。根据心理学实验研究，"愉快性记忆的概括化程度在愉快情绪下减少，相反在焦虑情绪下有所上升"③，这个结论意味着作家在焦虑状态下的这种愉悦的记忆，是童年的片段记忆与情绪记忆的结合体，经过不断修饰、膨胀或美化后的想象体。周作人曾撰文说，百草园"实在只是一

---

① 萧红：《呼兰河传》，载中国现代文学馆编：《中国现代文学百家·萧红卷》，华夏出版社，1997年1月版，第112—113页。

② 萧红：《呼兰河传》，载中国现代文学馆编：《中国现代文学百家·萧红卷》，华夏出版社，1997年1月版，第207页。

③ Bower, G.H: *Mood and Memory*, *American Psychologist*, 1981, 36: 129—148，转引自梁志恒：《不同情绪状态和自我概念下的自传体记忆概括化研究》，华南师范大学，2005年硕士学位论文，第29页。

个普通的菜园",鲁迅小时候常玩的就是这个小百草园,小园里并没有桑葚树,桑葚在大园里,且大园南头是废地,东偏向是马桶池,北头也是空着。①从周作人的注解中不难得出,百草园并不如鲁迅笔下的描写那般充满生机与乐趣,而为什么鲁迅要将诸多童年的美好回忆都汇集于此,赋予百草园如此鲜活、明朗的底色,原因就是百草园早就"并屋子一起卖给朱文公的子孙了"②,被"生活所驱逐到异地去了",曾经热爱的故土再也回不去了,"回忆故乡的已不存在的事物,是比明明存在,而只有自己不能接近的较为舒适,也更能自慰的"③,也就是说只有在心中重建一个最美百草园,才能重塑一个安置自我灵魂的"精神家园"。对萧红来说,后花园的精神与意义也是如此。在每个人的生活里,注定喜忧悲乐兼而有之,纯得如一幅油画般明亮的记忆是作家有意赋予的。萧红擅长文笔,"她能生动地将她周遭的景色人物呈现在读者面前。因此,她最成功和最感人的作品,大多是经由她个人主观和想象,将过去的事,详尽、真实地再造。"④萧红从充满了乐趣与温暖的热闹后花园转到人走荒凉一片的园子,无不是对回家的强烈渴望、对爷爷的热切思念,对漂泊游子的精神慰藉。因此,百草园与后花园,都是故乡里的一个具体空间,这个空间本没有多美丽和多有趣,然而漂泊的灵魂是导致鲁迅萧红痛苦思索的极大精神动因,因此这种痛苦的情感需要转化并依附一个童年记忆与情绪记忆共同作用下的载体和表现对象;同时,由于人类本身存有"回归家园"的本性,于是它们的地理条件就成了得天独厚的首选,自然成了作家笔下永远的"精神家园"与"自由乐土"。

---

① 周作人:《鲁迅的故家》,载止庵编:《关于鲁迅》,新疆人民出版社,1997年3月版,第5—6页。

② 鲁迅:《朝花夕拾·从百草园到三味书屋》,载《鲁迅全集》(第2卷),人民文学出版社,2005年11月版,第287页。

③ 鲁迅:《且介亭杂文二集·〈中国新文学大系〉小说二集序》,载《鲁迅全集》(第6卷),人民文学出版社,2005年11月版,第255页。

④ [美]葛浩文:《萧红传》,复旦大学出版社,2011年1月版,第106页。

二、启蒙者的乡民再现——异中求同

回忆故土、书写乡土,表现的无外乎乡土中国生活状态的微型缩影,以及故土社会中各色人物的熟悉面孔。鲁迅对中国社会的乡土本质有着深刻认识,如其乡土小说世界里的底层人物群像,如"狂人"、阿Q、小D、孔乙己、祥林嫂、华老栓,对于这些"铁屋子里昏昏欲睡的人们",鲁迅从理性批判的角度切入,在痛苦揭示了国民劣根性的同时,予以强大的精神、经验的价值反思与自我认同。萧红在鲁迅的扶助与思想影响下,打通了去往鲁迅精神最深处的通道,表现出具有内通性的思想,创作了具有相似性的文学人物,如有二伯、冯歪嘴子、小团圆婆媳。不可否认,鲁迅和萧红都经历了生活的多重磨难与坎坷命运,在底层人物的创作上表现了惊人的一致性:都表现了对乡民群体生活经验的认同,都达到了一种悲悯与宽恕世相众生的超然情怀,并都内化为了一种与之同呼吸、共命运的精神气质。

首先,鲁迅与萧红在书写个体与社会群体的矛盾冲突中,他们都认同社会群体的普遍生存经验。不论是鲁迅笔下的底层老百姓闰土、阿Q、孔乙己、爱姑,还是新派知识分子代表"狂人"、吕纬甫、魏连殳、涓生,抑或是萧红笔下的有二伯、小团圆媳妇婆婆、冯歪嘴子,这些人物的背后都隐现共同的声音,即他们都代表乡土中国超稳定文化结构的强大力量。就鲁迅来说,他对乡土中国文化的透彻理解,是他写作《呐喊》《彷徨》的思想前提。他曾深刻地指出中国社会发展本质上就是两个时代的循环,即"想做奴隶而不得"和"暂时做稳了奴隶"[①],这句话看似简单却充满智慧,彰显鲁迅不仅认同农耕社会务实的生活经验,还从实用主义的角度肯定了它存在的合理性。比如在鲁镇、未庄,人们对于"革命"其实并不关心,这并不完全是

---

① 鲁迅:《坟·灯下漫笔》,载《鲁迅全集》(第1卷),人民文学出版社,2005年11月版,第225页。

批判老百姓思想有多落后愚昧,而是在很大程度上肯定鲁镇人,甚至是所有中国人都盼望稳定的生活状态;又如革命者夏瑜被杀不但没有得到理解同情,反倒成为茶馆人嘲讽他的谈资,原因是老百姓谁都清楚懂得没有哪朝哪代的天下"是我们大家的",只有自己稳定的生活才是实实在在的。受鲁迅影响的萧红,曾经在跟聂绀弩的对话中谈到,她将来要写就"写《阿Q正传》《孔乙己》之类",并且她非常赞同聂对她的评价:"你所写的人物,当他们是个体时,正如你所说,都是自然的奴隶。但当他们一成为集体时,由于他们的处境同别的条件,由量变到质变,便成为一个集体英雄了,人民英雄,民族英雄"①。抛开政治层面解读且不论萧红笔下的人物是否都是"英雄",但聂确确实实看到了"群体"的生活经验在萧红小说中的地位与价值,以及萧红小说中对底层人物生活经验的深切认同。

鲁迅作为"五四"的思想先锋人物,他并没有否定现代文明的启蒙作用,然而对新文化运动的推动者对充满了怀疑与悲观,他认识到的底层人们,不可能发"那样热昏似的妙语",他们对人生道路很明白:"求婚,结婚,养孩子,死亡"②。正因为鲁迅肯定老百姓积久的生存经验,所以"狂人"的思想意义远远不是作为"精神界战士"的价值所在:"狂人"之所以不再发狂而赴外地候补,是因为"狂人"最后明白了攻击传统和"唤醒国民"的启蒙呐喊无效,"他比任何人都清醒地意识到了自己与传统无法割舍的血缘联系"③。的确如此,在小说中,"狂人"唯不怕"赵贵翁"和"大哥",他们虽是作为家族和社会势力的象征,他们反倒怕"狂人"的反叛。"狂人"所恐惧的是孩子、女人、老头、青年、佃户以及狗的眼色,而这些正是作为狼子

---

① 聂绀弩:《回忆我和萧红的一次谈话》,载彭放、晓川主编:《百年诞辰忆萧红》,北方文艺出版社,2011年3月版,第252页。

② 鲁迅:《朝花夕拾·无常》,载《鲁迅全集》(第2卷),人民文学出版社,2005年11月版,第278页。

③ 宋剑华:《狂人的"病愈"与鲁迅的"绝望"——〈狂人日记〉的反讽叙事与文本释义》,载《学术月刊》2008年第10期。

村老百姓的隐喻,"狂人"也是百姓中的一员跟他们是一类人,因此何谈启蒙自身之说。未庄讨生活的阿Q,却干些未庄人无法忍耐的事情,比如去调戏吴妈和小尼姑、偷盗他人财物、叫嚣着要"造反",导致整个村子人都对他"敬而远之"或者强烈排斥。鲁迅写阿Q并不仅仅是为了揭露他的劣根性,更想要强调的是不安分的阿Q给未庄固有的生活秩序带来了巨大破坏,想要在未庄落地生根、开花结果,却不接受未庄的文化生活规则,固然只落得悲惨下场。[①]从"狂人"意欲反抗与启蒙到回归群体之路,从阿Q的必死无疑的命运归宿,甚至还有吕纬甫"飞了一圈最终又回到原点"、魏连殳从一个呼吁"革命"的新党到最后孤独地死去,正是鲁迅对几千年来乡土中国的文化传统清醒而深刻的认识。广大底层乡民正是社会超稳定结构的基础,他们积久的生活经验与顺应自然的朴素智慧构成了社会传统文化的"无物之阵",任何反抗都只能是"鬼打墙"般的徒劳无功。

同样蕴含肯定底层生活经验的典型人物,在萧红的小说里也有迹可循。对于小团圆媳妇这个人物典型,虽然众多研究者都将其指向受封建思想迫害的女性代表,然而再细细咀嚼,会感觉像茅盾说的"这些人物的生活原也悠然自得其乐"[②]。其实萧红在写小团圆故事的语段中并没有隐射强烈的批判意识,反倒花了大量笔墨来同情婆婆不惜倾家荡产来救她。她的悲剧在于小团圆个人与社会群体规范秩序之间的矛盾冲突。小团圆第一次见过呼兰河街坊后,大家都评价说"不像个团圆媳妇""见人一点也不知道害羞""头一天来到婆家,吃饭就吃三碗",由于像周三奶奶、杨老太太等为代表的街坊,对不守呼兰河规矩的团圆媳妇的指责,自然少不了婆婆的调教和棒打。婆婆的棒打也只是想教会团圆媳妇守本地规矩,她对儿子没有照看好鸡崽都要打

---

① 本观点源于宋剑华:《"未庄"为何难容"阿Q"?——也谈〈阿Q正传〉中"个体"与"共同体"之间的关系》,载《鲁迅研究月刊》2015年第1期。
② 茅盾:《代序·论萧红的〈呼兰河传〉》,载彭放、晓川主编:《百年诞辰忆萧红》,北方文艺出版社,2011年3月版,第97页。

"三天三夜",更不用说有损家风的媳妇了。然而团圆媳妇并没有受媳妇本分,"你拧她大腿,她咬你;再不然,她就说回家"[①]。先不说婆婆的棍棒教育对错与否,至少作为媳妇,尊重长辈、听从教诲、遵守本分是一贯以来的家庭传统美德;如果说萧红想要批判的是群体"落后愚昧的思想"而造成的悲剧,那么婆婆就是这种思想的帮凶,而恰恰相反,萧红还在为婆婆做无罪辩护:"她一生没有做过恶事,面软、心慈,凡事都是自己吃亏,让着别人"[②]。因此,小团圆的死,表面上是批判了社会思想的愚昧、保守,但更多的是对她没有遵守呼兰河的生活规则而死的反思。另一个不守"规矩"的人有二伯,虽然没有像小团圆媳妇那样悲惨下场,但萧红赋予他身上三个显著特征:无家的孤独者、无德的破坏者、无后的绝望者。每一个特征都影射呼兰河人的生活秩序:男人该成家立业、做人要遵规守矩、死后要有人送终。由于有二伯没有遵从呼兰河人的生活传统与行为习惯,最终也只落得个孤苦结局。《呼兰河传》里唯一"守规矩"的代表就是冯歪嘴子,他老实、本分且坚强乐观,因此当他遇到困难时呼兰河人都会主动帮助他,如爷爷给他提供住所、雇主给他打包吃食、帮他料理女人的后事。从这毫不相干的人物故事看,萧红贯穿在其中的暗线就是"遵守规矩",遵守祖祖辈辈流传下来的生活经验。更进一步说,这条暗线在某种程度上就是萧红自我反思的隐喻表达,如果她当年能懂点规矩不那么叛逆,或许她的人生不会变得这么坎坷多舛。

其次,鲁迅与萧红在书写故乡熟悉的底层人物小说中,都蕴含一种从疏离到亲近的悲悯情怀。为什么批判乡民使鲁迅感到疏离?又如何渐变为情感的亲近?《故乡》一文可窥见一斑。在新文化运动之

[①] 萧红:《呼兰河传》,载中国现代文学馆编:《中国现代文学百家·萧红卷》,华夏出版社,1997年1月版,第146页。

[②] 萧红:《呼兰河传》,载中国现代文学馆编:《中国现代文学百家·萧红卷》,华夏出版社,1997年1月版,第161页。

初,第一个批判对象就是"家","家"作为"万恶之源"①,一切宗法礼制、固有秩序都由"家"而衍生,如"狂人"认为家里的人个个都想如何吃他,魏连殳、吕纬甫主张"家"是必须反的,鲁四老爷、赵太爷就是封建家长的代表,如果说鲁迅也顺应了"家"批判的潮流,显然就大大低估了其思想的深刻性。鲁迅表面在文本中批判家族、家庭传统文化中某些庸俗陋习,但在现实中他对于"家"有深厚情感,是极力维护的。《故乡》一文开头的凄凉景象描写,是他悲哀心情的体现,因为这次回乡是来被迫卖房子的,"在绍之屋为族人所迫,必须卖去"②。在文章叙事中,"永别了熟识的老屋,而且远离了熟识的故乡,搬家到我谋食的异地去"③,细细咀嚼两个"熟识",不难读出其中强烈的留恋与不舍,故乡的那个"家"从此"永别"了,尽管后来在北京八道湾购置一处大院,再度回归全家老小聚居的生活,但无法再回故乡的"家"已然成了终生的遗憾,因而文章一开篇就是灰暗色调。接下来的故事叙事,鲁迅对故乡的杨二嫂、闰土那些美好的回忆固化了记忆中故乡的明朗底色,显然是绝望情绪的曲笔表达。而对于最熟悉的故友闰土,鲁迅也并没有批判他,反而从闰土要香炉这一细节中悟到了故乡人"切近"的务实生活经验,相比起"我"那些"茫远"的"无所谓有无的希望",反思的是"我"的不踏实以及务虚主义,同时暗含的还有对启蒙者的强烈质疑精神。鲁迅说"我决不是一个振臂一呼应者云集的人",他把自己当成了乡里乡亲中的一员,以最理解的悲悯情感去感受他们的喜怒哀乐,所以在他书写故乡的作品中逐渐从疏离的批判中走向了情感的亲近与理性的认同。如果说在《呐喊》里对"狂人"、对阿Q、对华老栓他们还存在不同程度的批判

---

① 李大钊:《万恶之原》,载《每周评论》1917年7月第30号。
② 鲁迅:《书信·190116致许寿裳》,载《鲁迅全集》(第11卷),人民文学出版社,2005年11月版,第370页。
③ 鲁迅:《呐喊·故乡》,载《鲁迅全集》(第1卷),人民文学出版社,2005年11月版,第501页。

的话，那么到《彷徨》里，经历了工作失利、兄弟反目、爱情纠结等诸多挫折，鲁迅越发回到"精神故乡"中寻找慰藉，同时也变得更为亲近这些熟悉的面孔，如从祥林嫂身上看到了自己也无法帮她解脱精神苦海而忏悔的精神，从子君的恋爱悲剧中更加理解了女性的包容与付出，从"孤独者"们漂泊的灵魂中寻找"回家之路"。

萧红早期创作受左翼文学思想影响，反映的是人民饱遭压迫、积极抗争的生活状态，胡风说"这里面是真实的受难的中国农民，是真实的野生的奋起"[1]、萧军也评价"事实上这全书所写的，无非是在这片荒茫的大地上，沦于奴隶地位的被剥削、被压迫、被碾压"[2]的人民，尽管有文学才情但由于阅历不够，因而她塑造的人物存在明显思想先行的印迹，鲁迅就曾评价小说是"略图"，"叙事和写景，胜于人物的描写"[3]，胡风也在读后记里说："在人物底描写里面，综合的想象的加工非常不够"。从鲁迅与胡风的点评中不难看出，萧红作为文坛新秀，她要积极应和时代的声音，过于实用主义的创作目的，自然就会与笔下的人物形成一种疏离的情感。然而，萧红后期在香港的创作文风发生了转变，有研究者说她"已经无力和现实搏斗、她屈服了"[4]，也有"前期作品富有生气，后期作品落后于时代"[5]，还有说"看不到火热的希望"[6]，萧红后期的创作由于远离了左翼运动中心，从主流文学评价的角度给予她这种评价也无可厚非，但恰恰所谓的缺

---

[1] 胡风：《〈生死场〉读后记》，载晓川、彭放主编：《萧红研究七十年》（下卷），北方文艺出版社，2011年3月版，第4页。

[2] 萧军：《〈生死场〉重版前记》，载晓川、彭放主编：《萧红研究七十年》（下卷），北方文艺出版社，2011年3月版，第6页。

[3] 鲁迅：《〈生死场〉序》，载晓川、彭放主编：《萧红研究七十年》（下卷），北方文艺出版社，2011年3月版，第3页。

[4] 石怀池：《论萧红》，载《石怀池文学论文集》，耕耘出版社，1945年8月版，第98页。

[5] 七省（区）十七院校《中国现代文学史》编写组：《中国现代文学史》（上），内蒙古教育出版社，1980年7月版，第420页。

[6] 姜德明：《鲁迅写萧红》，载《新文学史料》1979年8月第四辑。

点正成就了她个人的特色,由于萧红颠沛流离、身体不适以及与萧军的情感恩怨,再遥遥地远离故土,此时的她在理解世界、反思人生、怀念鲁迅的基础上,更能以女性特有的细腻去亲近、去理解那些曾经出现在她生活里的乡里乡亲。因此,《呼兰河传》里对爷爷的无限怀念、对有二伯的包容、对小团圆婆媳的理解、对冯歪嘴子的肯定以及对后花园里花开蒂落的感性书写,无不体现萧红在强烈思念故乡、渴望回家以及寄情家乡那些熟悉的人。

萧红在与聂绀弩的一次谈话中说"鲁迅以一个自觉的知识分子,从高处去悲悯他的人物","我开始也悲悯我的人物,他们都是自然奴隶,一切主子的奴隶。但写来写去,我的感觉变了。我觉得我不配悲悯他们,恐怕他们倒应该悲悯我咧!悲悯只能从上到下,不能从下到上,也不能施之于同辈之间。我的人物比我高。这似乎说明鲁迅真有高处,而我没有或有的也很少。一下就完了。这是我和鲁迅不同处。"①这段话萧红固然谦虚地表达了自己和鲁迅在思想境界与写作成就上的差异,但不难看出,笔下人物从"主子的奴隶"转变到盼望"他们悲悯我",萧红完全实现了去启蒙、革命的思想意识,已经能从平常的生活去感受人物的喜怒哀乐,能从故乡的人文环境去理解人物的生老病死,更重要的是她笔下的人物不论对错好坏,真实的他们就是萧红与故乡实现关联的精神纽带,有这些鲜活的人物就找到了通往"回家"的路。鲁迅如此,萧红亦是如此。

三、寻根者的民俗守望——殊途同归

以故乡记忆作为叙事的文本,魂归故土是"故乡"建构的原动力。"故乡"作为重构的精神家园,既凝聚着原乡里熟悉的长辈亲友,还内化着人们世代传承的生活范式与风土民俗。自然,也或隐或

---

① 聂绀弩:《回忆我和萧红的一次谈话》,载彭放、晓川主编:《百年诞辰忆萧红》,北方文艺出版社,2011年3月版,第252页。

显呈现出文化寻根的心理印迹,且在一定程度上还强化了对原乡传统文化的价值认同。鲁迅的《五猖会》《无常》以及他离世前的《女吊》,就集中展现了家乡浙东地区的风土民俗,有着浓厚的生活气息与经验智慧。同样,萧红的《呼兰河传》,浓墨重彩地介绍呼兰河街道的扎彩铺和跳大神、放河灯、唱大戏等各种民俗活动,描绘了呼兰小城人们丰富的日常生活与民俗特色。在民俗文化的怀旧书写中,他们有何个人的写作缘由和文本呈现,其内心的隐秘又是如何通过民俗的整合来达到文化寻根目的,这些都成了研究鲁、萧二人殊途同归的文化现象的重要内容。

鲁迅离开故乡二十多年后,对童年记忆中的民俗盛况依然记忆犹新。《五猖会》第一句话就写出了对故乡风俗民情的愉快记忆,"孩子们所盼望的,过年过节之外,大概要数迎神赛会的时候了",接下来到东关看五猖会"是我儿时所罕逢的一件盛事",鲁迅对盛事的描绘是非常细致的,"开首是一个孩子骑马先来,称为'塘报';过了许久,'高照'到了,长竹竿揭起一条很长的旗";"其次是所谓'高跷','抬阁','马头'了";"还有扮犯人的,红衣枷锁,内中也有孩子",少年鲁迅爱看这种热闹,甚至还盼望着自己能"生一场病","使我的母亲也好到庙里去许下一个'扮犯人'的心愿"。[①]《无常》中,鲁迅更是大段描写迎神赛会上的各种鬼神,尤其是对"我和许多人最愿意看"的活无常:"他不但活泼而诙谐,单是那浑身雪白这一点,在红红绿绿中就有'鹤立鸡群'之概。只要望见一顶白纸的高帽子和他手里的破芭蕉扇子的影子,大家就都有些紧张,而且高兴起来了"。见到活无常高兴,原因是他才是"真正主持公理的脚色"。鲁迅写民俗不仅是为了回忆民俗,一个原因是隐射对当局以及"正人君子"之流的不满,大大肯定乡民的生活智慧:"他们——敝同乡'下等人'——的许多,活着,苦着,被流言,被反噬,因了积久的经

[①] 鲁迅:《朝花夕拾·五猖会》,载《鲁迅全集》(第2卷),人民文学出版社,2005年11月版,第269—270页。

验,知道阳间维持'公理'的只有一个会,而且这会的本身就是'遥遥茫茫',于是乎势不得不发生对于阴间的神往。"确实,迎神赛会上的各路鬼神,承载的是故乡里广大老百姓的美好希望——阴曹地府里公正严明,也是乡民的生活乐趣所在——年度的民俗盛事。另一个原因就是兄弟反目后的绝望愁绪。1923年7月19日周作人的一封"绝交信",兄弟情谊彻底破裂。1924年6月11日,两兄弟再一次发生了激烈的肢体冲突,此后两人至死也未再见,形同路人,"鲁迅的一生,他与周作人氏,竟没有和解的机会"①。鲁迅是一个非常重视家庭的人,一直以来他以"长兄如父"般的责任感担负起了照顾这个大家族的义务,失和事件对他身体与精神打击非常大,在1923年9月到1926年8月的日记中,记录去"山本医院"看发热、泻痢、肋疼达72次之多,身体的病痛严重超出了以往的状况。同期创作《兄弟》《风筝》《雪》等《野草》中的诸多篇章,能够明显感受到鲁迅身体的绵长苦痛和精神的无尽绝望,以及对于兄弟手足之情的深切怀念。因此,鲁迅明白社会处境太恼人,"家"已没有了,故乡也回不去了,为了逃避现实纷扰获得内心平静只有重构记忆中的"故乡",才能实现通往"故乡之路",才能安放孤独、寂寞、苦痛、绝望的灵魂,于是才有了"精神故乡"里的"家"(百草园)、"父亲"(藤野先生)、"母亲"(长妈妈)、"兄弟"(范爱农)、"文化传统"(迎神赛会)的"乐土"。正因为故乡已然幻化得青烟般缥缈,鲁迅至死都念念不忘"魂归"。他在离世前的一个月写下最后一篇民俗作品《女吊》,鲁迅说看过许多"女鬼",唯独故乡的"红衣女吊"不仅没有厉鬼的恐怖,相反她"粉面朱唇","就是现在的我,也许会跑过去看看的"②。鲁迅在预感生命大限到来之际,幻想如此亲切"可爱"的"红衣女吊",尽管其真实

---

① 郁达夫:《回忆鲁迅》,载《郁达夫文集》(第4卷),花城出版社,1982年1月版,第207页。

② 鲁迅:《且介亭杂文末编·女吊》,载《鲁迅全集》(第6卷),人民文学出版社,2005年11月版,第641页。

的创造目的谁也无法得知，但也可以合乎情理地将"女吊"理解为鲁迅"回家"的把幡引路人，看成他"魂归故土"的真实写照！

萧红同样有着超强的记忆力，对童年时的呼兰街道、民俗活动描写得绘声绘色，但按理来说，全面回忆呼兰街景与风土人情，应该还有诸多值得描写的对象，如呼兰县的寺庙、公园、教堂，如东北二人转、秧歌，萧红却有选择地花大笔力来写，《呼兰河传》第一章里，萧红用了两节占整章六分之一的篇幅来写扎彩铺，整第二章写呼兰河小城里的跳大神、娘娘庙大会、野台子戏、放河灯。可以说，萧红笔下的风土民俗，是她认知社会的经验来源和反思人生的叙事表达，也是对呼兰传统文化的价值认同，更是"魂归故土"的必然诉求。因此，理解《呼兰河传》的特殊性，除了受一定的时代思想影响外，还得从萧红这段时期的人生经历去感受她思想脉搏的跳跃。《呼兰河传》的创作始于1937年12月的武昌，1940年12月在香港完成。[1]这段时期的萧红正处于人生中又一大艰难时刻。一方面，在感情上，萧红已是遍体鳞伤。1938年年初萧红决定跟相恋了约六年的萧军分手，她从冲破家庭包办婚姻历经两任男人的波折，于危难之中情定萧军乃至毕生不忘，完全可以想象劳燕分飞带给萧红的精神打击。跟萧军分手后，嫁给端木蕻良这场婚姻并没有给她带来幸福与快乐，据萧红的好友梅志、白朗、丁玲等人回忆，萧红是为了躲避情殇，远离是非之圈，不想现实就是"和萧军的离开是一个问题的结束，和端木蕻良又是另一个问题的开始"[2]。另一方面，在身体上，亦是被病魔折磨得困苦不堪。萧红新婚不久后，对张梅林坦言："人不能在一个方式里面生活，也不能在一种单纯的关系中生活，现在我痛苦的是我的病"[3]。此时身在武汉的萧红，时局的恶化比她的病更为严重，他们

---

[1] 蒋锡金：《萧红和她的〈呼兰河传〉》，载《长春》1979年第5期。

[2] 骆宾基：《萧红小传》（节选），载彭放、晓川主编：《百年诞辰忆萧红》，北方文艺出版社，2011年3月版，第139页。

[3] 曹革成：《我的姊姊萧红》，时代文艺出版社，2005年1月版，第121页。

不得不在辗转流徙重庆后，于1940年1月来到人生的最后一站香港。然而，香港潮湿的天气其实并不适合肺病病人，随着身体的劳累以及精神上的折磨，她的病情越来越严重，最终没能挺过1942年1月。第三个方面，离家越远思乡越浓。萧红从北方的哈尔滨，一路走到南方的香港，从1931年年初20岁离开后，至死都没有回过家乡，主要原因还是她愧对亲人。当年由于叛逆，跟已婚表哥陆哲舜的绯闻、跟未婚夫汪恩甲的系列纠葛，"闹得呼兰满城沸沸扬扬，给汪家带来了极大的羞辱。为了平息事端，萧红的父亲大摆宴席，当众赔礼方算了结"①。这件事情对身为开明绅士的汪父打击最大，他主动辞去呼兰县教育局长职务，并自降身份去外县做督学。萧红个性强硬不肯向父亲低头认罪，直至知道自己时日不多，才松口对骆宾基忏悔："现在我要向我父亲投降了，惨败了，丢盔弃甲的了"，"我要回到家乡去"②。一生要强的萧红，终于在人生的尽头敞开心扉承认自己错了、想要回家，可见这件事情是萧红多年来的最大心病，是萦绕心头挥之不去的阴影。

由此，《呼兰河传》实际上就是萧红写给自己的祭悼文。她在冥冥之中知道家是回不去了，只有重构一个"家"来祭奠自己孤独漂泊的灵魂。小说第一章从大坑、染缸房淹死人写到扎彩铺，就是"死亡"叙事的体现。她对扎彩铺写得尤其生动细致："看起来真是万分的好看，大院子也有院墙，墙头上是金色的琉璃瓦。一进了院，正房五间，厢房三间，一律是青红砖瓦房，窗明几净，空气特别新鲜。花盆一盆一盆地摆在花架子上，石柱子、全百合、马蛇菜、九月菊都一齐的开了。看起使人不知道是什么季节，是夏天还是秋天，居然那马

---

① 王维国：《"无家情结"与萧红的生活和创作》，载《河北学刊》1994年第3期。

② 骆宾基：《萧红小传》（节选），载彭放、晓川主编：《百年诞辰忆萧红》，北方文艺出版社，2011年3月版，第139页。

蛇菜也和菊花同时站在一起。也许阴间是不分什么春夏秋冬的。"① 一般来说，祭奠死人用的纸糊祭品让人心生恐惧和忌讳，然而萧红不仅把它们当成了人间的真实景物，还带着浓浓的欣赏之情，包括后面还有对厨子、牵马童、骡子、小车、公鸡、管家、丫鬟等的描写，仿佛是萧红的灵魂已回到呼兰小城上空，正看着自己死后丰厚的陪葬品那般满足，描写越是具体越是凸显萧红渴望回家的强烈诉求。到了第二章，萧红用整整一章来写呼兰河跳大神、唱大戏、放河灯等各种风俗，原因就是"这些盛举，都是为鬼而做的，并非为人而做的。至于人去看戏、逛庙，也不过是揩油借光的意思。跳大神有鬼，唱大戏是唱给龙王爷看的，七月十五放河灯，是把灯放给鬼，让他顶着个灯去托生。四月十八也是烧香磕头的祭鬼"②。这些风俗都是用来"祭鬼"的，不正是萧红用来祭自己吗？萧红知道自己的生命不会太长了，这句话③她曾经在跟萧军分手之前说过，遗憾的是萧军并没有太在意。萧红有着预言家般的敏感，意识到死亡即将来临，于是在文本中给自己上演了一场回到家乡的热闹、隆重的葬礼，不仅有齐全的祭品、"鼓声"、"磕头"，更有引导她走向再生的"河灯"，其叙事意义实际上类似鲁迅的"红衣女吊"。萧红以无比悲哀的方式实现了她"魂归故土"的全部仪式。

"梦魂常向故乡驰，始信人间苦别离"，鲁迅这句话用于萧红也毫无差池。鲁迅与萧红一生漂泊在别地异乡，想回却不得回的绝望，只能转化为文字里永恒的"精神家园"来守望，但二者的"守望"却有着完全不一样的底色。鲁迅一路走来饱经"被放逐"的磨难苦痛，他对于故乡的情感始终纯真美好，带着理解和怀念故乡里的人和事，所

---

① 萧红：《呼兰河传》，载中国现代文学馆编：《中国现代文学百家·萧红卷》，华夏出版社，1997年1月版，第83页。

② 萧红：《呼兰河传》，载中国现代文学馆编：《中国现代文学百家·萧红卷》，华夏出版社，1997年1月版，第110页。

③ 萧军：《萧红书简辑存注释录》，黑龙江人民出版社，1981年1月版，第19页。

以"百草园"是有趣而明媚的;萧红历经"自我放逐"的颠沛流离,她对于故乡的情感更多的是自责忏悔,围绕反思来构筑故乡里的人和事,故而"后花园"最终是荒凉凋零的。在不断回望"故乡"的过程中,步入中老年的鲁迅自然有着人生的智慧,既充满柔情又兼顾理性;刚过而立之年的萧红也不乏对人生的反思,既渴望温情又期盼重塑自我,虽然"殊途"却都用自己的方式表达共同的精神诉求。

萧红在小说创作中表现出来的鲁迅因素,离不开鲁迅对她导师与知音的意义,也离不开鲁迅与她之间那些命中注定的精神纽带,所有在文学上的指引、在情绪上的鼓励、在矛盾中的捍卫以及在心灵上的抚慰,都在萧红笔下化作与之相似的思乡流露和同构的人物叙事。鲁迅对萧红饱含怜爱与极力扶助,萧红亦对鲁迅深深仰慕与无限感恩,她聪明地将这份真情放在心底,藏于文中,独自去享受与鲁迅精神的共鸣与激荡。正如拜谒鲁迅墓前的萧红,这个"越轨的笔致"女子说:"跟着别人的脚迹,我走进了墓地,又跟着别人的脚迹,来到你的墓边","只是说一声:久违"。萧红将她在墓前内心哭天喊地的悲泣浅浅地转化为了与老朋友最为平常的一次探望攀谈,可想其中被包裹住的哀痛远远大过撕心裂肺的恸哭;弥留之际的一句遗言"死后要葬在鲁迅墓旁"[①],她不再顾及世间的流言蜚语,只渴望实现从躯体到灵魂的永远相伴相随。在这自然流露的真情中,恰恰是鲁迅对萧红的爱赞与萧红对鲁迅终其一生精神相随的印证。

载于2018年第2期

---

① 钟耀群:《端木与萧红》,中国文联出版公司,1998年1月版,第107页。

《致萧军的信》[1]

熊鹰　[日]仓重拓译

1936年鲁迅逝世后，日本改造社旗下的杂志《文艺》策划了一系列《中日文学者往复书简》，原计划分三次刊载萧军与中野重治、夏衍与久板荣二郎、丁玲与宫本百合子之间的文学通信。但因卢沟桥事变爆发，《中日文学者往复书简》只按计划进行了两次，第三次丁玲与宫本百合子之间的文学通信没有能够实现。促成《往复书简》的因素有很多。《文艺》杂志的编辑高杉一郎（原名小川五郎）是一名具有国际主义精神的世界语者，或许《往复书简》曾受到一战时国际世界语协会为交战双方传递书简的启发。高杉一郎早年还参加了东京高等师范学校的社会科学研究会和筑地小剧场的左翼文献读书会，同情日本及中国的左翼文学运动。《往复书简》无疑也体现了他在1937年中日特殊时局中反战的政治倾向。在策划《往复书简》的同时，高杉一郎于1937年5月在《文艺》上翻译了托马斯·曼与伯波恩大学哲学系主任的往复信件。1936年12月19日，伯波恩大学哲学系主任以个人名义写信给流亡中并丧失了公民权的托马斯·曼，告诉他已被剥夺了荣誉博士称号。托马斯·曼回信批评了德国大学逢迎法西斯政府的

---

[1] 原信没有标题，标题为《文艺》杂志所加，目录中的标题是《日本致中国的信》，刊登于《文艺通信》专栏。本文根据1937年7月《文艺》译出，并根据筑摩书房1997年版《中野重治全集》第11卷校补。

做法，并于1937年将这些通信以《往复书简》为题公开出版。托马斯·曼的《往复书简》或许也是《中日文学者往复书简》采用公开信这一形式的灵感来源。托马斯·曼对德国法西斯政权的批评也从侧面表达了《中日文学者往复书简》反对日本法西斯政权的态度。①

  作为《往复书简》的第一波，中野重治和萧军的公开通信刊登于1937年6月《文艺》杂志。此时正值鲁迅逝世不久、改造社《大鲁迅全集》出版之际，因而在这封致萧军的公开信中，中野重治公开谈及鲁迅及其作品，以及当时中日两国的文艺现状。从中可以窥见当时鲁迅在日本的接受情况以及日本左翼作家对中国抗日民族统一战线的理解。萧军致中野重治的信见于《萧军全集》，而中野重治的复信此次是首次从《中野重治全集》中译出，除译文外另用译注的方式加以解释和说明。译文中注释均为译者所加。

  译文：

萧军兄：

  我反复读了你的来信，感到不能不回信、无论如何都想要给你回信。我最近想要调查的事情很多，调查工作也刚刚开始。不过，为了个人的事情，现在迫切地想要花数小时写这封回信。这可能会是一封让你不甚满意的回信，不过请你耐心读一下。你在来信的最后部分写道："写得太长了，既不像是信，也不像文章。不过，我希望您的回信不要像我这样乱七八糟。"为此我感到更过意不去了，因为我接下去要写的也是"既不像是信，也不像文章"的东西，不过鉴于我既不是日本外务大臣也不是特务机关的官员，只此一次，请你务必忍耐一下。能为我辩解的话也是有的——"既然是给朋友写信，草草了事行吗？"

---

① ［日］太田哲男：《若き高杉一郎：改造社の時代》，东京：未来社，2008年版，第125—126页。Thomas Mann, Ein Briefwechsel, Zurich: Oprecht, 1937.

我想写的内容有很多。比如说，我的父亲在甲午战争时曾作为一等炮兵在战争中打过大炮。又比如说，鲁迅先生所写过的"藤野先生"现在还健在，就在我出生的村子附近居住，还有借着鲁迅先生的逝世我了解到了以前不曾知道的藤野先生的事情，还有其他更琐碎的事情都想一并写在这里。①这些无非都是些琐碎的个人事情，不过在这个从中国引进的菊花最终成为皇室家徽的②国家里、在这个若没有甲午战争就不会有今日的国家里、在这个在中国打仗并取得了日俄战争胜利的国家里，即便是琐碎的个人生活，若细究起来就会发现它们也都与中国有关。就连我现在所写的文字也是从中国传来的。换句话说，我们的祖先只不过是把从中国传来的东西加工了一下罢了。

不过，不得不快一些了，早上的鸟在喳喳叫了。而我想写的却是《日本文学的现状和日本作家对中国的关心》这样复杂的大问题。我不能像一开始所说的那样悠悠道来。不过，我完全赞成你以下的话而写了这封信。我相信我这封匆忙写就的信对实现你的主张也一定会有所帮助。

你在信里说"我想，今后中日两国在文学创作和评论方面，要进一步加强系统的介绍。通过互相切磋，可以了解到两国人民所追求的共同东西，会收到更好的效果。我觉得相互之间一个月一次的《中日文学通信》是必要的。从而帮助两国文学创作者和读者，发现各自的长处和短处，掌握两国

---

① 《文艺》杂志上的"藤原先生"为"藤野先生"之误。鲁迅逝世后，日本的《文学介绍》（"文学案内"）杂志1937年3月号发表了日本作家贵司山治对藤野先生的访谈。中野重治因此得知藤野先生就住在自己出生的村子附近，并曾想要拜访藤野先生。

② 《文艺》杂志"菊花为皇室家徽"是缺字，译文通过《中野重治全集》补全。

文学发展的主流以及它们的进展情况。"①

你的话和我想说的完全一样。这基本上也是所有日本作家和读者的要求。我想《文艺》也是因此而开展《中日文学通信》的吧。进行《中日文学通信》在其他方面对我们也是有帮助的。首先，邮政审查的麻烦可能会因此而得到缓解吧？日本的邮政制度好像正在迅速地发生变化。例如，某人从中国给我写的信是启封后直接投递给我的。以前启封后的信件会再次封上后再投递，而如今就这么刷刷地启着封地投寄。启封投递的来信中有一封曾告诉我给我寄了新波先生的版画集，但是版画集至今我仍未收到。②如果通过在杂志上

---

① 这部分翻译引自《萧军全集》中的中文原信：《致中野重治》，参见《萧军全集》（第17卷），华夏出版社，2008年6月版，第219页。从萧军给中野重治的信来看，萧军的确建议"今后中日两国在文学创作和评论方面，要进一步加强系统的介绍。通过互相切磋"，不过，他在信中也提到"前天，我准备写信，走访了鹿地先生。他在纸上写道：'对于中国作家来说，文艺是什么？我想请您来谈谈有关日本文学和中国文学的见解，然后用通信的形式写出来，登在报纸上，可以吗？'"，萧军致中野重治的信写于1937年5月1日。由此可见，中日文学通信的计划可能是日本方面提议的，可能正是由《文艺》杂志和鹿地亘一同策划的，时间大约是1937年4月，而且从萧军致中野重治的信中可知，萧军认同这一提议，认为"相互之间一个月一次的《中日文学通信》是必要的"。参见[日]鹿地亘：《中国の十年》，东京：时事通信社，1948年3月版，第41页。

② 新波即黄新波（1916—1980），上海美术专科学校毕业，曾参加"反帝大同盟""中国左翼作家联盟"与"中国美术家联盟"，参与鲁迅提倡与指导的新兴版画运动。黄新波与日本友人鹿地亘相识于第二届全国木刻流动展览会，鲁迅亦到场参观并给予意见。鲁迅逝世后，黄新波是治丧委员会成员，并作木刻《鲁迅先生遗容》和《鲁迅先生葬礼》。1937年黄新波出版个人版画集《路碑》，鹿地亘和胡风分别作序。鹿地亘的序言《新波君の木刻画》发表于1937年第2期《希望》，文章详细介绍了鹿地亘与黄新波相识的过程以及对其木刻艺术的评价和意见。中野重治信中提到"启封投递的来信中有一封曾告诉我给我寄了新波先生的版画集"，大约是指鹿地亘从上海给其寄去黄新波的版画集《路碑》。值得注意的是，鹿地亘和胡风都在序言里对黄新波创作"祖国的防卫""为民族"等题材略有批评，并与鲁迅生前喜爱的德国版画家珂勒惠支进行对比。这一定程度上体现了鲁迅生前所参与的"国防文学"论争。从后文中野重治询问萧军有关"国民主义文学"的部分可以看出中野重治的意见与鹿地亘、胡风接近。

公开刊登致彼此的公开信，那么当信件由个人形式转变为大众形式时，就能防止这种麻烦发生吧。第二，我们由此能从更宽广的角度来看待两国的事情，特别是我们各自国家的事情。因为自己身在其中反而不了解自己国家的事情这种情况也是有的。特别是在文学艺术的世界里，研究和论争都带有强烈的主观色彩，一些细枝末节的问题常会一时地遮蔽那些长时段、更重要的问题。不过，要是把自己国家的情况传达给国外，即便是主观强烈的人他能不渐渐习惯于客观地来把握这些问题吗？如果能借此避免不必要的小论争、眼前只有关键的问题，那就太好了。

那么日本文学的现状如何概括呢？据我所想，勤劳大众的文学和其对立者的文学之间正在以前所未有之势逐渐分道扬镳。民众这一边尚没有产生能证明自己阵营立场正确性的杰作，而不断摇摆在两者间的作品却非常多。和你所写的中国的情况几乎完全一样，"自足"和"自暴自弃"的情况、"粗制滥造"的情况在日本也泛滥起来。和中国一样，几乎所有的日本作家也都面临着生活和生计的不安。而且正如你所指出的那样，"日本的艺术可以说得上是'妖艳'的艺术，但不是'丰满'的艺术"，这种情况也还在继续。但是，总体来看，无论是艺术作品还是文艺理论日益都发生着过去不曾有过的民众立场和其对立面之间的分裂，这是千真万确的现状。民众对立者的文学家们，经常歇斯底里地宣称一切反对他们主张的人都是民众的敌人。这些人，要么就是过去说文学与民众利益、阶级利益无关而同样歇斯底里叫喊的人。否则就是在民众的力量表面上强大起来时就在这边活泼地游泳，而当民众的力量看起来弱小时则又潜入水里游到彼岸的人。不过，日本最近的经济贫困以及让日本好像经历了几次地震一样的政治激变都使得民众用一种深深怀疑的眼光来打量他们了。他们能看出民众的眼睛是雪亮的,因而摇身一变摆出一副自己才是民众真朋友的样子。但是,他们又无法证明这一点。因而,他们唯有一法,那就是为了满足自己而急躁地声称反对他们主张的人是在向民众鼓吹绝望的东西,同时也是瞎模仿西方装模作样罢了。这正符合了日本统治历来的政治方针,那就是不择手段地把民众吸引到自己这一边来。九一八事变就体现了这种将动摇的政治和经济状况往一定方向统一起来的日本帝国的方针,自此之后这一方针就变得愈发厉害。而与此一致的文学投机者们很快就在国民大众面前拿出了"新日本主义"的口号。不过现在,他们提出这个主义不久自己就开始渐渐意识到这个主张对文学没有多大用处。少数人也由此变得越来越歇斯底里。但是,谁都没有将这种主义看作是把希望赋予民众的、非瞎模仿的和纯真烂漫不摆样子的东西。如果看看他们称赞那和爱国主义纠缠在一起的民族主义,中国人就能更清楚地看明白他们的心。最近法国飞机途经中国飞抵日本,当广播里传来多雷的飞机在上海迫降时,日本东京某个小学的学生们竟然举起双手大喊"万岁"。① 另外,当某国立学校的日本人英语老师对某德国老师说这是"幸运的不幸"时,得到的回答却是"我不这么认为"这样的事也是有的。而那些民众对立者的文学家们却拼命告诉人民,对小学生和英语老师的爱国心提出任何质疑的人都是民众的敌人。

---

① 法国飞行员马塞尔·多雷(Marcel Doret)及无线电操作员弗朗索瓦·米凯莱蒂(Francois Micheletti)1937年1月20日从巴黎出发,挑战100小时连续飞行的纪录,他们于1937年5月26日上午9时15分迫降上海,随后于下午1时35分后再次起飞向日本出发,预计7小时飞抵东京,但因事故迫降于高知县,未能完成挑战。参见 The Nippu Jiji, 1937年5月26日。马塞尔·多雷1936年就曾飞抵过日本,当时是开着期望向日本政府兜售的法国D510战斗机。William Green, John Fricker, The Air Force of the World, Macdonald: London, 1958, p.181。

但是，民众希望能够得知正确的东西，摸索他们自己的道路。很多有才能的作家或多或少都站在民众的立场上，并自然会把不得不站在民众的立场上这种现状具体地写出来给你们看。日本的文艺家协会想要建造文艺会馆，而作为其成员的我正想要出钱，但是我听说因为《建设旨意》中如下的措辞而遭到了相当强烈的反对："文艺对社会的介入像今日如此强势是过去未曾有过的……以上的话虽可用文武并重一句来概括，①不过文艺的价值还未能如武事在国家社会被重视。军人有他们宏伟的'军人会馆'……而'文艺会馆'却至今都尚未建造这一事实充分说明了一直以来的情况。这不仅仅是我国文艺界的耻辱与损失，一不小心我国也会意想不到地招致外国的误解，从而让外国误认为我国是一个武断之国、军略之国，这也将是我们国家的损失。"

在这一点上，我并不认为日本"正意想不到地招致外国的误解"。中国的人民怎么看呢？

日本的民众在追求正确的事物，同时自身也在培养这种探求能力。近年日本文学家经常描写恋爱和结婚，其中最有名的一位得出如下的结论："姑娘无论如何热爱对方，结婚之前绝不应该把自己的身体交给他。黄花闺女应该在保持黄花闺女的情况下花功夫获得经历无数男人这种艺伎的本领。光会说'我爱你'却身无分文的男人是没有资格说我爱你而向女孩求婚的。男人有妻妾也是没有办法的，但是有小妾的情况下，应该将去百货商店的钱交给正房太太。"

这位作家并非直接站在反对民众的立场上，同时也是一位获得多数民众信任的作家。对此，一位无名的青年——我想可能是青年，我并未见过他——这样写道："除了会说

---

① 《文艺》原文为"右文尚武"，收入全集后更正为"右文左武"。

'我爱你'外一无所有的工农青年,尽管这位著名作家会用手堵住他的嘴,他一定仍会大声说'我爱你'。为什么呢?他们没有财产用以购买可作为永久奴隶驱使的妻子,他们也没有可以用来弥补自己爱不足的财产,对于他们而言,'我爱你'除了字面意思外没有任何其他动机",他从这种角度给予具体反驳。前者的恋爱论与后者的反驳在此我都不能详细介绍。但是通过这个例子可以看出,民众和其对立者之间的对立关系并非仅仅尖锐了,而是正在急速地发生变化。民众和其年轻的下一代不能不从那些看起来似乎是站在民众立场上的人那里也使劲地拽出对立者。更何况,用差劲的辩解来糊弄民众、直接把反民众的立场归于爱国主义名下这种少数文学者的伎俩也无法再继续欺瞒勤劳民众及其年轻一代,这是很自然的事情。

下面我要稍稍谈谈日本作家对于中国的关注这个话题。一言以蔽之,他们最近特别关心中国。但是,在这里不得不提一下你所谈到的"中国"和"支那"的问题。① 现在有相当多的日本作家使用"中国"。不过,毕竟也还有很多其他作家仍在使用"支那"。但是,我想说的是,使用"支那"和"对中国的侮辱"这是两件事。这一点着实需要详细说

---

① 山本实彦在同一时期继一系列中国游记后又出版了题为《支那》的游记,并在1936年6月在《文艺》上展开了一次"支那——现代日本文学的课题"文艺专栏讨论,流亡日本的郭沫若就参与其中,发表《我的母国·作为日本文学课题》,也对日本文艺界使用"支那"提出抗议。由于政治和出版资本等原因,1936、1937年间日本出现了一次"中国热"。改造社社长山本实彦在上海寄回的文章中写道"日本现在站在一个世界大舞台上,视野也应该相应地扩大,认识也应该更加实际和深入。无论是苏联还是美国都将在中国这个国际市场上与日本发生竞争关系,因此就日本研究的课题而言,和苏联与美国相比,更值得研究的是民国中国"。参见山本实彦,《上海から〈》,载《文艺》1936年第4卷第6期,第58页。另见,熊鹰:《"中国题材"的政治——中日左翼文学交流中的〈我的母国·作为日本文学课题〉》,载《文学评论》2017年第6期。

明，不过在此我仅就"日本的实际"做一些说明。虽然"支那"古来就有轻蔑的意思这是事实，但是对于普通日本人而言"支那"是作为一个通用的地理概念来使用的。也就是说，对我们而言，唐、宋、元、明、清、中华民国，这些全都是地缘上的"支那"。这和把美利坚合众国简称为美国差不多。我只是说"差不多"。小田岳夫虽然写了诸如"现在正是一个我们不得不重新深刻认识支那排日运动的秋天""我们不能忽视在支那对小学儿童所进行的排日教育。这是令人心寒般恐怖、可怕的事实"这样的话，但是我想小田并无意侮辱中国。日本的无产阶级也习惯用"支那问题"这样的语言来研究中国问题，也有人说"中国支那"，我自己也用过支那红军这样的说法。关于应该正确使用国名这一点，我想大概日本所有的作家都会同意你的意见，并且今后也会这样践行。① 真正的问题在于，比如说小田写了——你那里只举小田的例子——"稍稍夸张地说，不能不让人怀疑支那的小学教育实际上是为'排日'而存在的"，但却对为何会如此没有研究的热情。有一位叫近卫秀麿的日本人，他是日本最著名的音乐家之一，也是当今近卫首相的弟弟，此人对于中国胡乱发言，他说日本人若到"支那"，"若是到大学生、美术学校的学生、音乐学校的学生等聚集的场所去发表演说，那就要在黑板上写汉字给他们看。一定会赢得拍手喝彩的。竟然到这种程度。他们差不多已经忘了我们和支那是同文同种的国家。他们是那种程度，因此他们想要做什么事情都是可以做得出来的"。他随后又这样说，"到支那去最好给学生听众演讲。这时，有中国学生中说不想邻邦之间再次流血。我对此回答说首先结束内乱吧"。

---

① 意指今后将接受萧军的建议使用"中国"。

这种场合里的"支那"明显带有侮辱的意味。而且，这里可以明显感觉到和这种侮辱感相伴的漫不经心。恐怕今后，日本的帝国主义者们说话也要小心吧。另一方面，他们称朝鲜为半岛，朝鲜人为半岛人，他们的民族主义已经"藏头露尾"，没法完全隐藏了。关于这一点我举别的例子来说明。最近，一名叫秦的陆军新闻班长所写的《邻邦俄国》的书非常受欢迎。在此之前，一名叫小林一三的企业家也曾写过苏联见闻录。①不过，我觉得比之小林的书，秦的书更有价值，这是因为和小林那产业资本家一扫而过的目光不同，秦用军事的目光长时间地观察俄国。从这点来说，这位军人的书对于金融资本家而言也有很大帮助。恐怕不久的将来就会有《邻邦中国》这样的书，而里面的"支那"也将全部换成"中国"吧。我觉得这在不久的将来会实现的。

但日本作家对于全局也开始睁开眼睛了。不过，这种认识还没能像中国作家的日本认识那样成为很好的被组织起来的力量。最近在《改造》上刊登的埃德加·斯诺和艾格尼丝·史沫特莱的《毛泽东会见记》宽广地打开了日本读书人对于中国的视野。②日本人都热心阅读了。日本人阅读新闻报道的方法进步了。对于中国文艺家协会的成立，也有人这样写道"中国的文学运动通常都是民众运动的先驱，具有非常大的政治意味，正因为如此也有很大的危险性"。至于说对谁有危险性，这种事情也渐渐地被人所理解。

虽说这种理解还远远不够，而且也不是报纸和读物最终能解决的问题，不过另一方面，和艺术的方法问题、例如社会

---

① ［日］秦彦三郎：《隣邦ロシア》（东京：斗南书院，1937年版），［日］小林一三《私の見たソビエット．ロシヤ》（东京：东宝书店，1922年版）。
② 埃德加·斯诺和艾格尼丝·史沫特莱的《毛泽东会见记》刊于1937年5月的《改造》。

主义的现实主义相关,属于过去历史阶段的国民战争在中国的情况是不可避免地要与帝国主义发生冲突,从这一点来看,今后从这里会诞生出非常新的问题吧?① 另外,虽然日本的国民主义文学家们反对中国的国民解放战争,但站在民众立场上的作家们也被认为与此倾向相反等等,对此你们怎么看呢?

就像中国没有对于日本文学的介绍,在日本对于中国文学的了解也非常不充分。虽说在日本赛珍珠的作品很受欢迎,② 但是我却很想读一读描写了游击战的田军的作品——我是最近才听说田军的名字,不过我看到你的来信里没有提及这个,也有可能是我听错了吧。③ 很多日本作家会为中日两国之间的文学交流做贡献吧。不过,之前大搞日俄战争纪念活动之时,我曾指出虽说有很多日本文学作品对日俄战争

---

① 社会主义现实主义是中野重治转向后思考的一个重要问题。日本对于社会主义现实主义的论争大约始于1934年下半年至1935年,贵司山治、久保荣等作家都对作家如何客观地表现现实、表现时代的本质和阶级意义等展开讨论,中野重治与他们都发生论争。具体参见林淑美,《転向後の課題と社会主義リアリズム》,收林淑美,《中野重治連続する転向》,八木书店,1993年版,第261—279页。

② 鲁迅曾在1933年11月15日致姚克的信中谈到"布克夫人",称"她的作品,毕究是一位生长中国的美国女教士的立场而已,所以她之成许'寄庐',也无足怪,因为她所觉得的,还不过一点浮面的情形。只有我们做起来,方能留下一个真相。即如我自己,何尝懂什么经济学或看了什么宣传文字,《资本论》不但未尝寓目,连手碰也没有过。然而启示我的是事实,而且并非外国的事实,倒是中国的事实,中国的非'匪区'的事实"。胡风1935年撰文批评赛珍珠的《大地》,说作者受到一个比较开明的基督教徒这个主观观点的限制,而没有懂得中国农村及中国社会。见胡风:《〈大地〉里的中国》,载郭英剑编:《赛珍珠评论集》,漓江出版社,1999年4月版。

③ 中野重治提到的"田军"其实正是萧军,而所指的描写游击战的作品正是著名的《八月的乡村》。鹿地亘随后发表在1937年9月《文艺》上的《现在中国文学界鸟瞰》一文特地对此做了纠正。参见,《现在中国文学界鸟瞰》,载《文艺》1937年9月,第139页。

进行了描写，并且日本人原本就被称为是一个对正义相当敏感的民族，可是作品里却不描写国土上有另外两国开战的那个国家的人民生活。如果中国有这样的作品我特别想读一下。

我本应该要谈一下日本各类的文学流派和文学期刊间的关系，不过不得不让给后面的人来谈。另外，关于经历了中日间种种历史变迁的朝鲜和台湾的文学与戏剧，我只能在此写道，他们在非常困难的环境中进行着斗争，具体的就让别人来写吧。那么下面的这一节就请转告鹿地亘，日本的批评家中只有很少数的人在进行坚韧不拔的战斗这种想法是错误的。有很多人在斗争。鹿地亘那样对你们说我并不服气。①这可能是由于他并不完全了解日本的情况吧。另外，好像他还未学习中国话，这非常不好。请告诉他，请他立即进行听说训练。

我的回信就是这般的不堪了。不过请你将它当作日后将长时间延续下去的文学通信的伊始，予以见谅。另外，请一定记住我们正在为你们身体的健康与安全深深地祈祷。

1937年6月3日
中野重治

载于2018年第10期

---

① 指鹿地亘告诉中野重治，"在日本，进步的评论家多少有些变质了，或者也可以说是变节了，然而只有中野先生和中条百合子与这种形势相对抗，他们具有'韧'的战斗性"，参见萧军1937年5月1日致中野重治的信。

鲁迅与东北沦陷区哈尔滨地区
左翼文学活动之关系

教鹤然

哈尔滨作为东北沦陷时期的政治文化重镇，其左翼文学活动在东北沦陷区占有特殊位置。鲁迅与东北沦陷区哈尔滨地区的早期左翼思想传播与文学实践活动，有着千丝万缕的联系。此前这一联系并未引起研究者足够的关注，本文主要就从左翼思想传播、左翼文学启蒙及文学创作等三个方面进行浅论。

一、鲁迅与东北沦陷区左翼思想传播

1923年9月，中国共产党决定在哈尔滨建立共产党组织，由陈为人领导的"中共哈尔滨独立组"成立，并创建临时交通线，主要负责护送共产党员赴苏联的出境工作。1926年中共哈尔滨地方委员会成立，稳定保障与共产国际和苏联的往来①。自此，哈尔滨成为马克思主义与苏俄文化进入中国最早的地方，20世纪30年代，哈尔滨已有30余家俄国书店，是"关内寻找俄文版马克思、恩格斯书籍和苏俄文

---

① 乔勇主编：《中共满洲里市地方简史》，中共党史出版社，1997年8月版，第5页。

学的首选之地"①。最早的苏俄革命理论及文艺作品的译介也始于哈尔滨，第一本全面介绍苏联文艺论战的书是中共哈尔滨市委书记任国桢翻译的《苏俄的文艺论战》，这本书作为"未名丛刊"之一由北新书局1925年初版，鲁迅编校并为之撰写了前记。为了校订书稿，两人多次通信商讨，《鲁迅日记》中即有31次记录②。译著前记中鲁迅写道："任国桢君独能就俄国的杂志中选译文论三篇，使我们借此稍稍知道他们文坛上论辩的大概，实在是最为有益的事，——至少是对于留心世界文艺的人们"③，充分肯定译作对于红色文化进入中国的积极意义。

鲁迅与任国桢的交往，在鲁迅日记与书信中都可以觅得痕迹，这关系着鲁迅与党的联系问题，也成为研究者考论鲁迅与早期左联之关系的重要依据④。最初揭示这一联系的是1926年春来到哈尔滨参与党组织工作的作家楚图南，他的《关于一九二八年鲁迅和任国桢通信的一些情况》《鲁迅和党的联系之片断》《忆鲁迅》等文章均围绕这一联系展开，内容涉及的主要信息几乎重合，在此以影响最大的第一篇文章为例。这篇文章原载于《鲁迅研究资料》1980年第5期，最初成形于1977年6月28日下午胡奇光、黄乐琴、李兵、王锡荣等人对楚图南的访问记录，文稿后特意注明"记录经本人审阅过。这份编辑文稿，又经本人审阅修改"⑤。这篇文章揭示几则关于鲁迅与在哈尔滨活动的早期共产党人任国桢交往的重要信息：其一是1927年秋到1928年春

---

① 姜玉田、丛坤主编，曹力群、王为华副主编：《黑土文化》，中央广播电视大学出版社，2012年4月版，第176页。

② 锡金：《鲁迅与任国桢兼记与李秉中》，载《新文学史料》1979年第2期。

③ 鲁迅：《集外集拾遗·〈苏俄的文艺论战〉前记》，载《鲁迅全集》（第7卷），人民文学出版社，2005年11月版，第278页。

④ 张广海：《鲁迅与早期"左联"关系考论》，载《中国现代文学研究丛刊》2017年第1期，第一部分"团结鲁迅何以可能？"的相关论述。

⑤ 楚图南：《关于一九二八年鲁迅和任国桢通信的一些情况》，载丹东市史志办公室、振安区党史办公室编：《任国桢》，1988年3月版，第152—153页。

任国桢与鲁迅的通信是经楚图南转递的，并且他都看过；其二是关于1928年春天一封信内容的回忆，其中内容主要有三段：一是鲁迅对上海有些人的围攻"表现很不服气"，二是鲁迅想找些马列主义文论来看，"从理论上加深认识""并更比较有把握地进行战斗，三是鲁迅知道任国桢"现在干的实际斗争工作"，因此希望他能够"介绍一些书"①；其三是党的六大代表途经哈尔滨时，楚图南向王德三汇报了鲁迅与任国桢的交往经过，周恩来得到消息以后表示"如果真像鲁迅信里所讲的情况的话，这是不对的，应该团结他，争取他""要把他争取过来为革命斗争服务"②。着重强调了鲁迅对任国桢的共产党员身份和无产阶级工作的了解，以及中共领导人周恩来表示要求团结鲁迅，对鲁迅成为左翼作家联盟旗手起到了关键作用。1979年锡金发表于《新文学史料》的文章《鲁迅与任国桢——兼记与李秉中》，进一步详细补充了鲁迅在1925年以前对任国桢向塔斯社和《真理报》寄稿时的指导，并与李秉中等其他青年相对比，凸显出由于任国桢专为革命而研究革命文艺的专注和坚定甚为鲁迅所青睐。

此外，还有一则资料并未为研究者所关注，那就是分别发表于1987年1月20日和2月3日《黑龙江日报》上的《鲁迅与哈尔滨（上）》和《鲁迅与哈尔滨（下）》两篇文章，作者为林伊。经笔者查证，林伊为黑龙江日报社报人、黑龙江省地方志撰写者、《黑龙江新闻志》编纂人员，发表文章多为对黑龙江及哈尔滨地方报志史料的考辨。这篇文章在尊重锡金和楚图南两人文章基本材料的基础上，主要补充了两处细节。第一处是任国桢到哈尔滨的时间问题。针对这一细节，此前研究界并未有确切论证，锡金在文章中写道："1925年（月

---

① 楚图南：《关于一九二八年鲁迅和任国桢通信的一些情况》，丹东市史志办公室、振安区党史办公室编：《任国桢》，1988年3月版，第153页。
② 楚图南：《关于一九二八年鲁迅和任国桢通信的一些情况》，丹东市史志办公室、振安区党史办公室编：《任国桢》，1988年3月版，第154页。

份不详),党把他派到了哈尔滨市,任市委书记。"①林伊通过《鲁迅日记》中记载收到任国桢从沈阳寄到北京信件的时间间隔,推算"任国桢可能于9月10日左右到达哈尔滨;17日,鲁迅收到了他从哈尔滨寄去的第一封信"②。第二处是1926年鲁迅收到任国桢从吉林寄来的信件问题,锡金首次指出鲁迅与任国桢的通信中出现了一次地理位置的变化,"1926年间,他的工作又一度被组织调到吉林省,这是可以从鲁迅的3月份日记中他从吉林向北京寄信读到的。别的材料漏掉了这一点"③,林伊进一步指出,此时并不是工作的调度,而是由于张作霖颁布《东省防止赤化办法》以后,任国桢作为中共哈尔滨特别支部的第一份公开发行的报纸《东北早报》的编辑,被捕关押在吉林第一监狱,由此"1926年3月20日,鲁迅在北京收到他'8日吉林发'的信,可能是任国桢从狱中托人带出来的;鲁迅在28日复信给他,想必也是请人从哈尔滨转到狱中的"④。这一推论与楚图南根据1928年通信情况得出的鲁迅了解任国桢的共产党员身份与"现在干的实际斗争工作"相比,则显然更进一步了。在获悉任国桢已经因共产党地下工作被捕后,仍未中断与狱中的他的通信往来。况且能够作为两人传递信件的中间人,应该也与楚图南身份相似或具有中共地下党员身份,这就不难推断鲁迅与东北沦陷区左翼活动的关系之密切、态度之坚定了。

　　鲁迅的精神和他的作品也成为东北沦陷时期哈尔滨地区左翼活动的重要思想资源,在东北沦陷区活动的东北抗日联军中有密切参与文学活动的赵一曼、杨靖宇等,在共同组织领导哈尔滨地下党相关活动的同时,也保持着对于文学阅读和写作的热情。赵一曼、杨靖宇等人虽然未能与鲁迅有过实际接触,但无一例外地都热爱阅读鲁迅的作品。曾任哈尔滨市总工会代理书记,并参与领导哈尔滨电车工人大罢

---

① 锡金:《鲁迅与任国桢兼记与李秉中》,载《新文学史料》1979年第2期。
② 林伊:《鲁迅与哈尔滨(上)》,载《黑龙江日报》,1987年1月20日第四版。
③ 锡金:《鲁迅与任国桢兼记与李秉中》,载《新文学史料》1979年第2期。
④ 林伊:《鲁迅与哈尔滨(上)》,载《黑龙江日报》,1987年1月20日第四版。

工的赵一曼，不仅具有较高的诗才和文学素养，而且热爱阅读鲁迅及新文学作品。作家方未艾在回忆文章中写道，两人不仅交谈了诗歌写作问题，同时谈到她的阅读偏好和品位："她对中国作家最爱读鲁迅作品，对苏联作家最爱读高尔基的作品。她到哈尔滨后，常看报纸，很喜欢三郎和悄吟的作品。"①曾任中共哈尔滨市道外区委书记、哈尔滨市委书记的杨靖宇也"经常在夜深人静的时候阅读《三国演义》《红楼梦》等古典名著和鲁迅、郭沫若、蒋光慈的革命文学作品"②。此外，在20世纪40年代"哈尔滨左翼文学事件"中，鲁迅的作品也成为凝聚新文学作家和进步活动家的文艺养分。该事件的重要参与者陈隄，曾在20世纪80年代的回忆文章中写到他与关沫南、王光逖等作家被捕的原因："我们在以高山、小辛为中心人物的启发下，从他们的手里接过并秘密传阅着《马克思读本》、高尔基和鲁迅的作品，以及艾思奇的《大众哲学》等被查禁的书籍。"③显然，鲁迅的作品成为东北沦陷区哈尔滨地区左翼思想传播的重要文学载体。

二、鲁迅与东北沦陷区左翼文学启蒙

1931年东北沦陷以后，形成了以金剑啸、舒群、罗烽、姜椿芳等共产党员作家为核心的东北作家群，这一群体中的代表作家有萧军、萧红、白朗、金人、塞克、唐景阳、方未艾、关沫南、山丁、陈隄、侯小古、叶福、王光逖等。其文学活动主要依托哈尔滨沦陷以后的文艺副刊，包括哈尔滨《国际协报》的《文艺》副刊、《哈尔滨新报》

---

① 方未艾：《我所认识的赵一曼》，载赵杰主编，张建军、孙景光副主编：《辽宁文史资料·总第五十三辑·历史珍忆》，辽宁人民出版社，2004年4月版，第85页。

② 姬少华：《杨靖宇在信阳》，载邓来法、贾英豪主编：《杨靖宇纪念文集》，中央文献出版社，2005年1月版，第263页。

③ 陈隄：《哈尔滨左翼文学事件始末》（一）、（二），载《黑龙江日报》1984年5月9日、5月14日。

的《新潮》副刊以及长春《大同报》的《夜哨》副刊等，其中《夜哨》副刊虽不在哈尔滨本地，主编为在长春进行文学活动的陈华，事实上却是由在哈尔滨的萧军组稿、东北作家群共同创办的。东北作家群以画家冯咏秋的家"牵牛坊"为活动基地，在戏剧界组成了"星星剧团"（1933年），在音乐界支持创办了"哈尔滨口琴社"（1935年），在思想方面成立了哈尔滨马克思主义文艺学习小组（1937年），最早提供了沦陷区的左翼抗日文学创作实践[①]，他们的思想启蒙与写作实践，与鲁迅也有着密切的关系。

20世纪30年代中后期，以萧红、萧军为代表的东北作家群，在迁至上海后与鲁迅有过或多或少的交往。较为熟知的是，1934年秋萧红、萧军乘坐轮船离开青岛来到上海，11月30日在内山书店与鲁迅初次会面。次年，鲁迅为《八月的乡村》及《生死场》作序，推动"奴隶丛书"自费出版，将二萧正式引入上海文坛。此外，与鲁迅有交往的，还包括东北作家群中具有共产党员身份的几位作家。除却前文提及的曾替鲁迅与任国桢转寄往来信件的楚图南以外，姜椿芳也曾在1936年10月10日上海大戏院放映苏联纪念普希金逝世一百周年时的电影放映现场，与鲁迅、许广平有过一次短暂的会面[②]。此时姜椿芳在大戏院负责苏联影片的翻译与宣传工作，向鲁迅就检查官对中文篇名的庸俗化译法进行了解释，在鲁迅给友人信件中也有记录"今日往上海大戏院观普式庚之Dubrovsky（华名《复仇遇艳》，闻系检查官所改）"[③]，此处"闻系"指的即是此次会面所闻。舒群在二萧停留青岛时，曾两次来到上海希望拜访鲁迅，却遗憾未能如愿见到。1935年舒群在青岛被捕出狱后，辗转来到上海寻找二萧，曾"要求把自己在

---

① 黄万华：《中国现当代文学·第一卷·五四—1960年代》，山东文艺出版社，2006年3月版，第322页。

② 杨哲、宋敏：《中国现代百科全书奠基人：姜椿芳传》，中国文联出版社，2007年1月版，第70页。

③ 鲁迅：《书信·361010致黄源》，载《鲁迅全集》（第14卷），人民文学出版社，2005年11月版，第166页。

狱中写的小说《没有祖国的孩子》手稿，转交给鲁迅先生。由于一些具体原因结果没能如愿"①。其中的"具体原因"，一方面是当时鲁迅在上海的处境比较微妙，对国民党文艺管制的紧张空气保持敏感和谨慎态度，几度有被通缉的谣言。另一方面，与鲁迅交往甚密的萧军，也曾表示"在上海这政治斗争的复杂情况下，我怎么能够把鲁迅先生所不理解的人们，介绍给他认识呢？而且鲁迅先生也必定会拒绝的。后来，朋友们托我又办了几件事，也全没能够如愿以偿"②。罗烽、白朗夫妇由哈尔滨到上海以后，也有意愿通过萧军与鲁迅结识，鲁迅在1935年7月27日给萧军的复信中婉拒："你的朋友南来了，非常之好，不过我们等几天再见罢，因为现在天气热，而且我也真的忙一点。"③非常遗憾的是，一直到鲁迅逝世，舒群、罗烽、白朗等东北作家均未能如愿与鲁迅会面，也未能与他建立稳固的文学交往关系。

对于未能与鲁迅有过交往的东北作家来说，鲁迅及其作品仍然构成其文学启蒙的重要因子。1931年与萧军共同来哈尔滨参与抗日文艺的方未艾，回忆自己在20世纪20年代中后期在吉林时的阅读情况，曾经写到萧军在世界书局买鲁迅的《野草》。萧军在江南公园阅读时偶遇在毓文中学任教员的诗人徐玉诺，交谈中徐玉诺盛赞鲁迅作品的思想之深刻，萧军又"把《野草》细读了几遍，很受感动，从此开始喜欢阅读鲁迅的作品并后续购买了鲁迅的《呐喊》《热风》《彷徨》和《华盖集》等作品，方未艾则表示，自己"那时也读过鲁迅的一些作品"④。在哈尔滨时，方未艾曾到友人杨朔当时位于道里石头道街的太古洋行附近的居所拜访，在书橱里面看到了"新出版的书有冰心的

---

① 方朔：《回忆舒群叔叔的几段往事》，载《文学教育》2015年第12期。
② 萧军：《住过的故址和三张画片》，载《萧军近作·一九七九年诗文选辑》，四川人民出版社，1981年6月版，第99页。
③ 鲁迅：《书信·350727致萧军》，载《鲁迅全集》（第13卷），人民文学出版社，2005年11月版，第508页。
④ 方未艾：《我和萧军六十年》，载赵杰主编，张建军、孙景光副主编：《辽宁文史资料·总第五十三辑·历史珍忆》，辽宁人民出版社，2004年4月版，第14页。

《春水》、庐隐的《海滨故人》和鲁迅的《呐喊》《彷徨》等，还有一些英文书和俄文书"①。幼年与家人同来哈尔滨的作家关沫南，青少年时期在哈尔滨道里区旧书摊主人王忠生的引导下，接受了新文学启蒙，而鲁迅的作品也成为他文学启蒙的重要组成部分。据作家本人回忆，王忠生喜欢"谈鲁迅、高尔基。常向我介绍哪些书应该读"，"我从他那里读了大量中国和外国作家的作品"②。20世纪30年代《国际协报·文艺周刊》主要撰稿作家之一梁山丁，亦"早在1930年就读于开原中学的时候，在他的恩师、中共地下党员边燮清的影响下""读过鲁迅的小说集《呐喊》《彷徨》《故乡》《孔乙己》《阿Q正传》"③。显见的是，对于20世纪二三十年代活动在哈尔滨地区的青年作家来说，鲁迅的新文学作品是非常重要的文学启蒙读本，影响着他们最初的文学认识和阅读方向。

东北沦陷初期引进的鲁迅作品相对较为容易被作家们发现和阅读，自1932年3月开始，进入"文艺管控"阶段，伪满洲国政府开始查禁、焚毁进步书籍、报纸、杂志，文艺政策持续紧缩。最具有代表性的文学事件，就是1933年10月由《哈尔滨五日画报》印刷社正式出版的萧红、萧军合著小说、散文集《跋涉》，在委托书店、商店代售以后不久，即遭到伪满洲国政府和日本特务当局的查封和没收。据相关资料显示，在伪满洲国文教部政策的阴影笼罩下，"凡收藏或传阅有关马克思主义、三民主义著作以及鲁迅、郭沫若、茅盾等现代作家的作品和关内进步书刊者，一经发现立即予以严厉处罚，重者收监

---

① 方未艾：《青年时期的杨朔》，载赵杰主编，张建军、孙景光副主编：《辽宁文史资料·总第五十三辑·历史珍忆》，辽宁人民出版社，2004年4月版，第132页。

② 关沫南：《奇雾迷蒙——忆"哈尔滨左翼文学事件"》，载《抗战时期黑土作家丛书·关沫南集》，黑龙江大学出版社，2011年5月版，第209页。

③ 徐塞：《山丁乡土文学的主张及其实践兼谈〈绿色的谷〉的评价》，载陈隄、冯为群、李春燕等编：《梁山丁研究资料》，辽宁人民出版社，1998年3月版，第357页。

判刑。"①然而事实上，这样的文化政策在推行过程中仍然存在缝隙和空间。作家梁山丁曾经回忆道：1933年春天"哈尔滨这个国际都市还没有全部沦陷于敌人手中，私人出版的报纸还在发行，新文艺书籍还能乘隙渗入东北，鲁迅先生的杂文集和茅盾的小说集还能买到。"②有研究表明，20世纪30年代中后期，哈尔滨的书店及在哈尔滨进行文学活动的作家在东北其他区域开设的书店，都可以看到鲁迅及其他新文学作家的作品和刊物："哈尔滨的笑山书店和寒流书店，道里、道外的哈尔滨书店，精益书店，罗烽在齐齐哈尔开设的中华书店，均经销关内新文学进步书刊和中外普罗文学书刊。如鲁迅《呐喊》《彷徨》及一些杂文集……和《新青年》《小说月报》等刊物均在上述书店出售。"③青年作者不仅能够通过购买、借阅、传抄等方式接触到鲁迅作品，而且也有机会直接阅读与鲁迅相关的研究文章。在东北沦陷区流通的重要报刊如《满洲国》《盛京时报》《大同报》《滨江日报》，都并未间断对于鲁迅作品的讨论和研究文章的发表。1936年鲁迅逝世后，各大报纸也相继对鲁迅的生平、创作进行专门报道，亦刊发文人学者的周年纪念文章。1937年以后，伪满弘报处扩大，并由日本关东军宪兵总部主管舆论、文艺、政策发表、宣传、出版物、影片、广播及通讯、情报等九项文化宣传任务，成为日本在伪满洲国全面推行文化专制的思想中枢机构。在日本文化专制霸权下，鲁迅仍然具有一定的"合法化"④。除刊发和出版日本人关于鲁迅的研究文章、专著以

---

① 高峻：《论日本帝国主义对中国的文化侵略》，载中国近现代史史料学学会编：《抗日战争史及史料研究》，南开大学出版社，1996年1月版，第351页。

② 梁山丁：《文学的故乡》，原载于《哈尔滨日报》，后经作者补充载于《东北现代文学史料》（第2辑），转引自陈隄、冯为群、李春燕等编：《梁山丁研究资料》，辽宁人民出版社，1998年3月版，第182页。

③ 董兴泉：《"五四"运动与东北沦陷区文学》，载冯为群、王建中、李春燕等著：《东北沦陷时期文学国际学术研讨会论文集》，沈阳出版社，1992年8月版，第118页。

④ 谢朝坤：《鲁迅在伪满洲国的传播、接受与影响》，载《名作欣赏》2016年第26期。

外，还有日文版鲁迅作品集及日本学者著鲁迅传记的出版和发行，其中影响较广的是佐藤春夫、增田涉编译的岩波书店版《鲁迅选集》，以及作为艺文书坊的鉴赏丛书出版的诗人外文翻译的小田岳夫所作《鲁迅传》（1941年作，1944年译）。鲁迅的作品也在日本和东北沦陷区，尤其是沈阳，接连不断地出版选集，如《一代名作全集·小说第一集·鲁迅集》在1943年2月由新京艺文书房出版，内含《呐喊》《彷徨》及《朝花夕拾》中的部分篇目等。梁山丁等受鲁迅影响的东北作家群的小说作品集，如《乡愁》（兴亚杂志社）、《山风》（益智书店）也仍然可以在文化控制的缝隙中寻得公开出版的机会。1945年抗战胜利后，许多青年时期在哈尔滨进行文学活动的东北作家南下以后仍然保持着对鲁迅其人其作的关注和尊敬。唐景阳在1956年第10期《文学杂志》上发表《鲁迅思想发展的道路》，又在1959年第5期《文学青年》上发表《鲁迅与青年一代》。萧军在全面抗战初期到达成都后，还将鲁迅亲笔题写的条幅"横眉冷对千夫指，俯首甘为孺子牛"赠予随东北抗日救亡总会于此抗日的于浣非的家中。虽然前述有的东北作家未能与鲁迅有过直接交往，但鲁迅新文学启蒙者的风姿深刻地烙记在他们的文学经验上，影响着他们对于文学的基本认识、最初感受。从这个意义上来说，鲁迅作为东北作家群的重要思想启蒙因子，为哈尔滨左翼文学活动的展开和沦陷区最早的抗日文学活动的发生，提供了思想准备。

三、鲁迅与东北沦陷区左翼文学创作

鲁迅不仅影响着东北沦陷区左翼思想的传播及文学观念的启蒙，还影响着东北沦陷区哈尔滨地区的左翼文学创作实践。其中祖籍河北南宫、在1927年随全家来到哈尔滨谋生的作家金人，就是在鲁迅的引导和推介下进入文坛的。

来哈后，金人任东省特别地方法院雇员并专修俄语，1928年起担任地方报纸《大北新报》的编辑工作,参与东北沦陷区文学活动,同时进行文学作品写作。1930年任东省特别区地方法院俄文翻译,并在法政学校学习法律。1933年开始在哈尔滨学习俄国古典文学及现代文学作品的翻译,1935年在萧军的介绍下翻译了苏联作家左勤克、绥拉莫维奇等作家的小说、杂文等文学作品,也参与《东三省商报》《国际协报》等副刊的编务。由于金人并未在现实中与鲁迅有过交往,因此相较于二萧,关于他的文学写作及翻译与鲁迅的关系问题研究可谓屈指可数。《译文》编辑黄源曾经评价:"金人总算也是鲁迅先生竭力推荐而鼓励出来的优秀译者。"①《东北现代文学研究》1986年第1期《鲁迅与东北作家》专栏中薛岚的《鲁迅和金人》一文开篇,也有着相似的判断:"金人是鲁迅一手栽培起来的翻译家""由于鲁迅的热情鼓励,精心抚育,金人才坚定地走上翻译介绍苏联文学的道路,并成为优秀的翻译工作者。"②金人虽并未与鲁迅有直接交往或通信,但萧军及黄源与鲁迅的多封通信,足以从侧面佐证他的成长与鲁迅关系之密切。

1935年1月29日鲁迅复萧军信中有这样一段话:"《滑稽故事》容易办,大约会有书店肯印。至于《前夜》,那是没法想的,《熔铁炉》中国并无译本,好像别国也无译本,我曾见良士果短篇的日译本,此人的文章似乎不大容易译。您的朋友要译,我想不如鼓励他译,一面却要老实告诉他能出版否很难豫定。"③虽然信件中并没有出现名字,但通过信件内容不难判断,此处"您的朋友"指的即是通过萧军将文学翻译寄送给鲁迅的东北作家金人。《滑稽故事》这一篇译稿最终发表在郑伯奇的《新小说》刊物1935年第1期上,而译作的发表归功于鲁迅的推荐和引介,据郑伯奇在回忆与鲁迅交往的文章中记叙:"他

---

① 黄源:《鲁迅书简追忆》,浙江人民出版社,1980年1月版,第33—34页。
② 薛岚:《鲁迅和金人》,载《东北现代文学研究》1986年第1期,第91页。
③ 鲁迅:《书信·350129致萧军、萧红》,载《鲁迅全集》(第13卷),人民文学出版社,2005年11月版,第366页。

（鲁迅）还给我介绍了几个新的作家。萧军先生的小说，金人先生的翻译，都是他介绍来的。"①在1979年3月21日萧军对这封信的注释中，也具体解释了金人译文的发表情况：《滑稽故事》《前夜》《熔铁炉》"这些全是在哈尔滨的朋友金人译得寄给我的……金人的几篇译文，就是经由我请鲁迅先生为他介绍到《译文》发表的。我也代他向别的刊物介绍过几篇。《滑稽故事》，似由天马书店出版了。《前夜》，可能出版于燎原书店。《熔铁炉》，似乎未能出版。"②需要指出的是萧军在此处的注释有一点疏漏，其中苏联作家李亚什柯的《熔铁炉》译本实际上由人民文学出版社1958年7月初版，1959年4月作为"文学小丛书"之一再次出版。

1935年4月4日鲁迅复萧军的信中，进一步谈到鲁迅对于金人译左勤克（即左琴科）稿的意见："金人的稿子已看过，译笔是好的，至于有无误译，我不知道，但看来不至于。这种滑稽短篇，只可以偶然投稿一两回，倘接续的投，却不大相宜。我看不如索性选译他四五十篇，十万字左右，出一本单行本。这种作品，大约审查时不会有问题，书店也乐于出版的，译文社恐怕就肯接受。"③这里面暗示了几个细节，其一是鲁迅向杂志社及出版社投金人译稿似乎并不甚顺利，由此托萧军转告金人，总翻译这种单篇滑稽短篇小说"不大相宜"；其二是此时段译稿审查比较严格，由此建议结集出版，以规避书报审查的问题；其三是充分认可金人的翻译水平。需要注意的是，鲁迅本人小说译稿的发表也曾出现诸多阻碍，鲁迅在1935年3月26日给《译文》编辑黄源写了两封信，表示自己翻译的巴罗哈的短篇小说《促狭鬼莱哥羌台奇》原本要在良友公司编辑郑伯奇的《新小说》月刊发

---

① 郑伯奇：《最后的会面》，原载1936年11月1日《文学》第7卷第5号，转引自范诚编：《鲁迅的盖棺论定》，上海全球书店，1936年版，第133页。

② 萧军：《鲁迅给萧军萧红信简注释录》，黑龙江人民出版社，1981年6月版，第143页。

③ 鲁迅：《书信·350325致萧军》，载《鲁迅全集》（第13卷），人民文学出版社，2005年11月版，第422页。

表，但似乎受阻不能如愿，由此嘱托黄源在《译文》杂志上发表。实际上，最终这一篇的确发表于《新小说》1935年第3期上，据郑伯奇回忆，这一处理是"因为顾虑环境"，只能"将那篇稿子压了两期，没有发表"①。鲁迅的作品况且如此，更不用说当时还在文坛反响平平的青年作家金人，由此便不难理解鲁迅建议金人译一本"滑稽故事"集，想必是事出有因。4月2日鲁迅写信致《译文》丛书编辑黄源，也特意提到这件事："左勤克的小篇，金人想译他一本，都是滑稽故事，检查是不会有问题的，销路大约也未必坏，就约他译来，收在丛书内，何如？"②可是，在4月12日鲁迅致萧军信中，就撤回了这一建议："金人译的左士陈阔的小短篇，打听了几处，似乎不大欢迎，那么，我前一信说的可以出一本书，怕是不成的了，望通知他。"③此处的"左士陈阔"指的就是左勤克，无论是鲁迅、萧军或是黄源，都没有对"滑稽故事"集的出版受阻做过多解释，黄源仅写了这样一句："他（鲁迅）对我和金人，都说得比较灵活，万一不能如愿，便于收束。"④虽然我们不能够从中得知确凿原因，但此时段苏联作家译文出版的困难重重也是可想而知了。

除却前述几篇译文外，在1935年3月13日鲁迅复萧军信中有："金人的译文看过了，文笔很不差，一篇寄给了良友，一篇想交给《译文》。"⑤1935年3月16日鲁迅给《译文》编辑黄源的信中写道："又左勤克小说一篇，译者（他在哈尔滨）极希望登《译文》，我想好

---

① 郑伯奇：《最后的会面》，原载1936年11月1日《文学》第7卷第5号，转引自范诚编：《鲁迅的盖棺论定》，上海全球书店，1936年版，第133页。
② 鲁迅：《书信·350402致黄源》，载《鲁迅全集》（第13卷），人民文学出版社，2005年11月版，第431页。
③ 鲁迅：《书信·350412致萧军》，载《鲁迅全集》（第13卷），人民文学出版社，2005年11月版，第438页。
④ 黄源：《鲁迅书简追忆》，浙江人民出版社，1980年1月版，第42页。
⑤ 鲁迅：《书信·350313致萧军、萧红》，载《鲁迅全集》（第13卷），人民文学出版社，2005年11月版，第408页。

在字数不多,就给他登上去罢。也可以鼓励出几个新的译者来。"[1] 19日鲁迅致萧军信中又有:"十八日信收到。那一篇译稿,是很流畅的,不过这故事先就是流畅的故事,不及上一回的那篇沈闷。那一篇我已经寄给《译文》了。"[2] 其中,鲁迅寄给《译文》的一篇金人译文是左勤克的《少年维特之烦恼》。根据编辑黄源的回忆,该篇发表于《译文》杂志第2卷第4期(1935年6月16日)上面[3]。4月12日鲁迅致萧军信中还写道:"这回我想把那一篇Novikov-Priboi的短篇寄到《译文》去。"[4] "Novikov-Priboi的短篇"指的是诺维科夫·普里波依的短篇小说《退伍》,这一篇最终也顺利在《译文》月刊发表。鲁迅对于这位素未谋面的东北作家充满鼓励和劝慰,虽然在肯定他现在从事的翻译工作的重要性和难度之外,又提醒他对作品的出版状况不要过于乐观,但是事实上却尽心尽力为促成金人译文发表而奔波。1935年1月29日到9月2日的信件中,金人的文学翻译及相关事宜在鲁迅笔下被反复提及,大约有十封信有余,而其中5月20日及6月2日两封短信,金人的稿件和稿费问题则几乎成为信件的全部主要内容。一方面能够体现萧军对于友人与鲁迅文学交往方面的热忱,另一方面源于鲁迅对于金人翻译才能和文学天赋的认可,通信这段时间,鲁迅也在进行果戈理的《死魂灵》的翻译工作,在某种程度上与同从事苏俄文学翻译的金人有着文学共鸣。此后,金人还翻译了英倍尔的《伊万诺娃》、彼尔沃马衣司吉的《怀疑者》、梁士珂的《海边》、涅悦洛夫的《饥饿》等作品,都在《译文》杂志上发表。由此,金人也在上海文坛有了相对稳定的作品发表平台,这与鲁迅最初的指引与提携密不

---

[1] 鲁迅:《书信·350316致黄源》,载《鲁迅全集》(第13卷),人民文学出版社,2005年11月版,第412页。
[2] 鲁迅:《书信·350319致萧军》,载《鲁迅全集》(第13卷),人民文学出版社,2005年11月版,第414页。
[3] 黄源:《鲁迅书简追忆》,浙江人民出版社,1980年1月版,第34页。
[4] 鲁迅:《书信·350412致萧军》,载《鲁迅全集》(第13卷),人民文学出版社,2005年11月版,第438页。

可分。

此外,"东北效仿鲁迅笔锋的人很多"[1],鲁迅的作品也是东北沦陷区哈尔滨地区作家进行文学写作时的重要资源,对其文风、语言乃至于故事情节的模仿,成为部分东北沦陷区作家文学创作时的尝试方向。祖籍山东的作家杨朔是金人在法政学校时的同学,他在1927年随舅舅来到哈尔滨,时任英商太古洋行办事员。据杨朔的弟弟回忆,他在最初尝试文学写作的时候就显露出对于鲁迅文风和精神的偏好:"杨朔读高小时,就编写过小周刊。他喜欢鲁迅那种用辛辣笔调讽刺时弊的精神,试写了篇讽刺小说《白士弘》"[2]。这篇小说虽然以杨蕴山的笔名发表于烟台《威克莱》杂志,但这篇处女作是创作于迁居哈尔滨以后的第二年,因此杨朔仍可以视为从哈尔滨走上文坛的东北青年作家,而他最初的文学尝试就是对鲁迅笔法的模仿。

此外,对鲁迅作品继承与模仿更为直接与具体的,应属随军迁哈的东北重要作家关沫南。关沫南14岁时与哈尔滨道里七道街一位旧书摊主王忠生熟识,其实际身份是中共地下活动者。在王忠生的引荐下,关沫南结识了关姐(关毓华,原名陈紫)等人,在逐渐深入交流之下,他们"知道我崇拜鲁迅,受左翼文学影响较深"[3],关沫南便受邀参与了哈尔滨马克思主义文艺学习小组的文学交流和活动。关沫南在回忆自己于20世纪40年代在长春与友人创办杂志《新群》时,也写到当时3期杂志前后发表过介绍宣传中国共产党的相关文章,同时"也评介过鲁迅、高尔基、罗曼·罗兰,包括美国的海明威这样一些作家"[4]。此外,更值得注意的是,关沫南早期的文学创作实践也在不

---

[1] 刘晓丽:《异态时空中的精神世界——伪满洲国文学研究》,华东师范大学出版社,2008年9月版,第207页。

[2] 杨玉玮:《忆胞兄杨朔》,载山东省政协文史资料委员会编:《山东文史集粹(修订本)(下集)》,中国文史出版社,1998年11月版,第606页。

[3] 关沫南:《奇雾迷蒙——忆"哈尔滨左翼文学事件"》,载《抗战时期黑土作家丛书·关沫南集》,黑龙江大学出版社,2011年5月版,第211页。

[4] 关沫南:《在长春找党》,载《吉林日报》1983年5月23日。

自觉地模仿与接近鲁迅。此前，也有个别青年学者曾提及关沫南《古董》有模仿鲁迅《孔乙己》的成分①，而目前学界研究关沫南与鲁迅文学创作方面关系的学者周玲玉在研究中论及："《蹉跎》是关沫南创作生涯中的第一个里程碑""这个作品集在题材的选择、人物的塑造、白描手法的运用、幽默讽刺的笔调等各方面都明显地存在着模仿鲁迅小说的痕迹。"②关沫南的第一部短篇小说集《蹉跎》是1938年由哈尔滨精益印书局初版的，里面收录7篇短篇小说，其中《偏方》《古董》《老刘的烦闷》原载于1937年《大北新报》，《醉妇》《父子》原载于1937年《滨江日报》，《妻》《在夜店中》是首次发表。这些篇目与鲁迅的多篇小说在诸多细节方面都有着相似之处，遗憾的是，前述学者并未展开对文本的具体分析。首先，在题材选择方面，《妻》与鲁迅的《伤逝》，《在夜店中》与鲁迅的《在酒楼上》，《偏方》与鲁迅的《药》，《古董》与鲁迅的《孔乙己》《阿Q正传》都有着或隐或显的相似性。其次，在语言方面，小说中充满X县、A埠、F埠、S中学等，及称女子为"伊"的表述方式，都是鲁迅小说语言方式的模仿痕迹。而且，故事环境的铺陈与人物形象的塑造也有着鲁迅的影子，以《古董》为例，故事发生在近似"咸亨酒店"的"老鼎酒店"里，主人公"毛癞头"与《阿Q正传》里的"阿Q"，"邢老夫子"和《孔乙己》里的"孔乙己"都有着明显的相似性。毛癞头在进酒店以后故意找碴儿似的与切肉的李二瞎子争吵："瞎驴贼，老子不给你钱吗？切得这么慢""妈妈的，没好，最多过不去三天，没好！"③在李二瞎子举起拳头以后，"毛癞头照量一下，拳头太大，上面尽是黑毛，而且

---

① 范庆超：《抗战时期东北作家研究（1931—1945）》，中国社会科学出版社，2013年10月版，第71—72页。

② 周玲玉：《试论关沫南的小说创作》，载彭放主编：《中国沦陷区文学研究·资料总汇》，黑龙江人民出版社，2007年1月版，第217—218页。

③ 关沫南：《古董》，载《抗战时期黑土作家丛书·关沫南集》，黑龙江大学出版社，2011年5月版，第37页。

尽油""知道有些不妙了""于是嘴里不得不软了下来"①。酒店里穿长衫,戴着青色小帽头,顶上有个大红疙瘩的邢老夫子"抛两个茴香豆到嘴里",然后不无讥刺地暗讽道:"毛癞头,知进知退,随机应变颇有大丈夫之谋,可惜有谋无勇……亦不幸中之大幸也,毛癞头勉乎哉!"②无论是毛癞头的"妈妈的",还是邢老夫子的"之乎者也",都是对鲁迅小说人物典型语言的模拟。而毛癞头的欺软怕硬与精神胜利,及邢老夫子的"穿长衫"吃"茴香豆"等细节,更是模仿鲁迅人物塑造的体现。

有学者断言:"在伪满洲国的文人,只能效仿鲁迅的修辞风格,不可能效仿鲁迅的精神。"③那么,鲁迅与北满作家之间的文学联系是否仅限于对语言表达、辞藻运用及修辞风格的简单效仿呢?显然,"我们不能因为它的模仿而抹杀它的价值"④。在承认其模仿鲁迅的基础上,我们也可以进一步发现他们的特质与新质。关沫南在模仿鲁迅笔法之外,也有着自己特殊的创作价值。《古董》一篇的故事结尾是留洋归来的新派人物周克璧对"老古董"邢老夫子施以"文明杖",尾句写道"从开天辟地到现在,就靡听说文明杖会打到红帽疙瘩上去"⑤,颇有以荒诞闹剧式结尾来暗喻时代进步与破旧立新的必然性,也是作为该地区中共地下活动者及新文学倡导者对于时代发展前景的坚定预言。《醉妇》一篇则跳脱模仿鲁迅笔下绍兴风物的局限,关注属于东北北满地区生活的特殊人群,即落魄白俄女性流民的生存状况

---

① 关沫南:《古董》,载《抗战时期黑土作家丛书·关沫南集》,黑龙江大学出版社,2011年5月版,第37页。
② 关沫南:《古董》,载《抗战时期黑土作家丛书·关沫南集》,黑龙江大学出版社,2011年5月版,第37—38页。
③ 刘晓丽:《异态时空中的精神世界——伪满洲国文学研究》,华东师范大学出版社,2008年9月版,第207页。
④ 周玲玉:《试论关沫南的小说创作》,载彭放主编:《中国沦陷区文学研究·资料总汇》,黑龙江人民出版社,2007年1月版,第218页。
⑤ 关沫南:《古董》,载《抗战时期黑土作家丛书·关沫南集》,黑龙江大学出版社,2011年5月版,第40页。

和悲剧命运。更不容忽视的是,小说出版时间是1938年,此时由于日伪势力的渗透和钳制,大量东北作家离开哈尔滨流亡关内。他的作品集《蹉跎》正在此时进入日渐萧条的哈尔滨文坛,并且既带来了鲁迅作品的遗风,又展露对于未来的坚定信念,同时还关注到现实生活的残酷与悲剧性,这就更为难能可贵了。正如作品集出版之际,艾循(原名温成钧)以郑平为笔名,在出版感想中写到的那样:"他们的勇气,以及不屑于立于一般空喊的人们队里的苦干的精神,确是很可佩服的""是很给北满添色的,也使我们庆幸,庆幸北满居然能有了和南满文艺相媲美的东西。"① 萧红、萧军等与鲁迅交往甚密的东北作家,虽然没有对鲁迅作品的显在模仿,但对其国民性批判题旨及精神的坚守与继承是不言而喻的。聂绀弩在回忆1938年与萧红交流对于鲁迅的认识时,记录了这一段对话:"(萧)'……说我不会写小说。我气不忿,以后偏要写!'(聂)'写《头发的故事》《一件小事》之类么?'(萧)'写《阿Q正传》《孔乙己》之类! 而且至少在长度上超过它们!'"② 显然,萧红仍然是以鲁迅小说作品的高度作为自己努力的方向。在回溯自己此前的小说创作时,萧红也提到《生死场》与鲁迅作品中人物塑造和情感基调的共性与差异。其中有两处细节值得注意,其一是"鲁迅小说的调子是很低沉的","(《生死场》)也是低沉的",其二是"鲁迅以一个自觉地知识分子,从高处去悲悯他的人物""我也开始悲悯我的人物"③,都谈到了她自己创作小说时对鲁迅的学习与继承。此后她创作的短篇小说《逃难》、中篇小说《马伯乐》及长篇小说《呼兰河传》等,亦都在延续这一重要思想资源,这难道不是在"效仿鲁迅的精神"吗?

---

① 郑平:《对〈蹉跎集〉出版的一点感想》,载周玲玉编:《关沫南研究专集》,北方文艺出版社,1989年1月版,第194页。
② 聂绀弩:《序〈萧红选集〉回忆我和萧红的一次谈话》,载《聂绀弩全集》(第九卷),武汉出版社,2004年1月版,第73页。
③ 聂绀弩:《序〈萧红选集〉回忆我和萧红的一次谈话》,载《聂绀弩全集》(第九卷),武汉出版社,2004年1月版,第73—74页。

以萧红、萧军为代表的东北作家群体流亡关内以后,哈尔滨的左翼抗日文学活动逐渐衰落。1936年"黑龙江民报事件"后,东北作家金剑啸被捕并于8月被处以死刑,大批哈尔滨作家纷纷南迁,只余下关沫南等少量作家仍留守哈尔滨艰难生存,以哈尔滨为中心的抗日文艺活动落下帷幕。20世纪30年代中后期至20世纪40年代,以"二萧"为代表的哈尔滨文化界与上海文化界对接,鲁迅为东北作家在上海文坛获得话语权起到非常重要的作用,已经成为研究界之共识。然而鲁迅与东北沦陷区哈尔滨地区左翼文学活动之关系这段前史,含纳了东北沦陷区左翼思想传播、左翼文学启蒙、创作实践及文学活动的展开等诸多方面。重新打捞与梳理相关史料及文本,有助于重新认识北满青年作家的文学史意义,也能使得我们对于鲁迅的了解更为具象和丰满。

载于2019年第1期